U0063503

洪範文學叢書 305

陳映真小說集 5〔1983-1994〕

鈴璫花

陳映真

洪範書店 印行

目次

鈴璫花

一九五〇年。

我一個人蹲在崁頂上一座廢棄的磚窯旁邊，看著早上九、十點鐘的太陽，透過十月的鶯鎮晴朗的天光，照在崁子下一片橙黃色的稻田。崁子上面的這廢窯，隔著約略四十公尺的斜削的險坡，和崁下的一排林投樹林相接。這一整個斜坡，數十年來，一直是這附近一帶的陶窯丟棄它們燒壞了的陶器的場所。一大片或橙黑、或焦褐、或破損、或變形的陶器的屍體，在越發明亮起來的陽光裡，越發散發出一片橘紅色的微光，恍惚一看，竟把雜亂地生在斜坡上的野草，也烘托成橙黃的顏色了。斜坡的很遠的一端，正有幾個窮人的孩子，帶著一隻黑色的土狗，撿拾著可用的盤、碗、小甕之類。有一個男孩輕輕地滑下斜坡，響起一陣輕脆的陶物相擠碰的聲音，連同小孩的嘩笑和狗的吠聲，傳了過來。

事實上，方才我也撿到了幾樣很好的東西：一隻深咖啡色的煎藥壺，一隻稍微傾斜的，畫著兩隻突睛金魚的粗瓷大盤。我把它們都放在我和曾益順共有的秘密儲藏室——廢窯裡了。這時候，忽然從鐵路那邊的鶯鎮國小，飄來一陣又一陣琅琅的讀書聲。我的心中，驀然泛起了一陣寂寞。我瞞著家裡，天天跟著阿順逃學，竟而已經三天了。

第一天逃學，實在是爲了太想看看曾益順飼養的小青蛇，才跟了阿順到這廢窯來的。

那一天，曾益順拉著我的手走進了廢窯。我終於看見了養在一個肚子上裂開了一條細縫的大水缸裡的，暗綠色的小蛇。曾益順得意地從另一個養著野蛙的水缸裡，抓出一隻隻灰色或者土色的小蛙，丟到蛇缸裡。那原本不住地慌忙著試圖把頭伸出缸外，卻總是不到水缸的半腰就滑落到缸底的小蛇，在我還來不及看清楚的瞬間裡，就把那不住跳動的泥色的青蛙，含在嘴中，只讓兩條掙扎著划動的蛙腿露在嘴外。青蛙「唧——唧——」地悲鳴著。那暗綠色的小蛇，卻只消幾個呑嚥，就把整隻青蛙呑食了。我看見那原本細瘦的蛇頸，因爲一團蛙肉而脹大起來，並且十分緩慢地向著蛇身移動。就這樣，我們把一隻隻青蛙丟進蛇缸裡，直到小蛇再也吃不動了，懶懶地注視著兩隻青蛙瑟縮在身邊，才爬出了廢窯。

就是那天，曾益順幾經考慮，答應了讓我也共有這個廢窯，卻不是毫無條件的。

「第一，要守秘密。」

比我高了一個頭，黝黑而粗壯的曾益順說：

「第二，要把自己最愛的東西，放到窯裡去。」

第二天，我把一截姊姊做裁縫用的粉筆、一座日本人留下來的木雕彌勒笑佛，從家裡偷出來擺在廢窯裡。但無論如何，我總覺得自己的貢獻，怎麼也比不上曾益順的小蛇和一缸子野蛙，而感到羞愧。然而，曾益順卻對那一座撫腹大笑的彌勒佛十分稱意，以爲有了它鎮坐在窯中，可以驅除夜中來到廢窯裡借宿的孤鬼和游魂。而從此，我們在進出廢窯時，無端地多出一道向著廢窯合十的儀禮了。

「不許這邊走！聽到了嗎？回去……回去！」

聽見曾益順的聲音，我霍地繞過了廢窯。

「阿順！」我叫著說。

我看見曾益順伸開兩手，背向著我，站在通往廢窯的小徑上，阻攔著滿身襤褸的一個小女孩、兩個較小的男孩和一條壯碩的黑色的土狗。

「這路也不是你的……」那爲首的，抱著滿懷撿來的瓦盆和大小陶碗的女孩說。

「這路是我開，這樹是我栽……」

曾益順唱著說。黑狗「汪汪、汪汪！」地叫了起來。「×你娘哩，你吠個什麼×！」曾益順怒聲說，撿起石頭，向著往後逃竄的黑狗擲去。女孩和男孩悻悻地調轉頭走了。

「凸肚屍，你半路死唉……」

女孩在半路上開始咒罵起來了。狗依然汪汪地叫著。

「這路若是你的，脫下褲子圍起來吧！」女孩自恃必在石頭扔不到的距離，大聲叫嚷著，「你凸肚短命，沒好死哟！」

曾益順默默地向著廢窯走來，額頭上蓄積著一層單薄的汗珠子。當他走過我的身邊的時候，我聽見了束緊在他的腰上的魚簏裡，有東西不斷地跳動，發出沉悶的「撲、撲」的聲音。我知道，那是小青蛇的餐點——青蛙。

一陣微風帶著時強時弱、時近時遠的風琴聲，向著崁頂上的廢窯吹來。在琴韻中，我聽見這整齊的歌聲：

——太陽出來亮晃晃，

中國的少年志氣強，

志氣強唉……

啊，都第二節了，是中年級的唱說課，我想著。我於是想起了坐在風琴前時還能露出大上半身的、瘦高的陳彩鸞老師。她老是把「志氣強」唱成「住氣強」。我對自己微笑起來。

「……志氣強——」我輕輕地唱了起來。然後又學舌地，搖晃著肩身，唱著：「中國的少年，住氣強——唉……」

「早上，餵過了嗎？」

曾益順把頭探出窯外，問著說。

「嗯。」我說。

「不要餵得太飽。」阿順苦著臉說，「脹死了，找你賠。」

我看見阿順爬出窯口，草草地向著黝暗的窯內合十一拜。風琴聲和學生們的歌聲又飄飄忽忽地傳來。我們靜默地望著崁下金黃色的、廣闊的稻田；望著在十月的微風裡無甚興致地搖曳著的竹圍，耳朵和心裡卻不約而同地傾聽著從國小那邊流洩過來的風琴聲和歌聲。

「明天，我不想來了。」

我望著遠處稻田和溪埔相接的地方，悠悠地說。

阿順喫驚地回過頭來望著我。

「我想回學校去。」我低下頭，囁嚅著說。

「好嘛。」沉默了一會，阿順說，「明天，我一定帶笱龜來給你。」

「騙人。」

「爲什麼?」阿順說：「咦呀，爲什麼?」

「因爲十月裡，沒有笱龜，」我說，「你自己說過的。」

阿順沉默了。

「有是有的。」阿順終於說，「有是有的啦。只是要往尖山的山頂上的竹林去找。老笱龜，全在那兒。這麼大……」

阿順把兩個姆指併排起來，以像老筍龜之大。

「眞的？」

「眞的。」阿順說，憨厚的臉上，突然輕輕地闇淡了下來，「只是我二叔不能再帶我上山去了。」他憂心地說，「我二叔，他快死了。」

「噢！」

兩個多月前，颱風帶來連日的豪雨，使大漢溪水哄哄地上漲了。風雨一歇，阿順的二叔和別的鄉下小伙子，跳到洶湧的溪流中去鈎拖大水沖下來的流木當柴火，不愼被一大塊深山流下來的大材，從胸背猛撞了一下。及至被救上岸來，阿順他二叔當下就吐了幾口殷紅的血水。據說就從那時直躺到現在，不能起來。

我們倆又沉默起來，聽著嗚嗚的風琴聲。

「我帶你去看兵仔好了！」

「眞的？」

「眞的。」

「我不敢。」

我睁大眼睛說。

學校後壁，有一大片黑松林。就在松林下邊，有五棟鶯鎮國小最古老的教室，全撥給了軍隊住著。學校三令五申，不准許學生過去。因此在學童的心中，黑松林下的一區，成了神秘的禁區。

「我都去看過好幾回呢。」阿順笑了起來。

「騙人。」我說，「你又騙人了。」

「騙你？」阿順瞇著眼睛說，「爲什麼？咦呀，爲什麼？」

我們於是把書包全扔進窯子裡。阿順沒有書包，只用一條大白布巾將書本、簿子和便當紮實地打著一個小包。我們離開了廢窯，沿著相思樹林裡的一條紅土小路走下去，然後抄過一個長滿了月桃花的小丘。我忽然聞到一股奇異的香味：混合著蔥、蒜、辣椒的菜香。

「他們在吃飯哩。」阿順說。

阿順帶著頭慢跑起來。

「快去看，」阿順說，「你就沒看見他們怎麼吃飯的。」

我們跑過了小丘，跳下一條廢棄的舊鐵路，在一片蔓草中來到一個陳舊的，已經封閉多時的學校後門。一進了後門，便是一個廢棄的小園。園中豎立著一塊石碑，紀念往昔日軍征臺時北白川宮親王在此營帳設立行宮的往事。臺灣光復以後，碑石雖在，碑上的文字，卻早被人用水泥塗去了。廢園再過去，是一片古老的黑松林。駐軍把五棟瓦頂木造的教室，分別設爲廚房、軍官辦公室和營房。

我們躲在紀念碑的石台後面，看著士兵們圍蹲成三個圈子，用鋁碗、大漱口缸盛飯，就著擺在地上的菜盆裡的菜吃飯。

「好香。」阿順說。

「不香。好怪的味。」

我反駁說。

「好香。」阿順說，「你不知道的，我吃過兵仔吃的飯。」

「你騙人。」

我說。我睜大了眼睛看著士兵們蹲在地上呼呼地吃飯。有些人也站著吃。我問阿順：

「爲什麼他們不在屋裡吃？」

「不知道。」

「爲什麼不找個飯桌吃飯？」

「不知道哩。」

「他們爲什麼現在才……」我說，「才吃早飯？」

「這你就不知道了。」阿順說，「他們一天只吃兩頓飯。」

「你又騙人了。」

「爲什麼？」阿順又瞇著眼，不耐其煩似地說，「咦呀，爲什麼騙你？」

「你聽誰說的？」

「聽我們曾厝那邊一個人說的。」阿順現在乾脆就站著趴在石台上。「他每天都挑菜去賣給兵仔。」

「你還是蹲下吧。」我說，「你這樣，他們會看到你的。」

「看到怎樣？」阿順笑了起來。

「他們會用扁擔打死你，然後抬出去埋掉。」

「這還不是我告訴你的？」阿順說。

阿順曾說過，曾厝那個挑菜去賣給兵仔的人，有一回挑了菜去，正好有一個犯了軍紀的兵，在另外的教室裡挨打。哀號的聲音，先是淒厲，繼而衰竭，再繼而是呻吟，只聽得「鬫撲、鬫撲」的拷打聲。過了幾天，那兵死了，幾個兵用毯子裹著死屍，用擔架抬到公墓上埋了。

「其實，也未必是被打死的哩。我們曾厝那個人說的。」阿順說。

阿順接著說，兵仔裡頭有些人患下痢，治不好。「也是我們曾厝那邊的人說的。到他們廁所挑出來的大肥，全是稀的多。」

我忽然覺得有些臭氣。我看見一小間木造的廁所，斜斜地敞開著脫落了一個門鈕的木門。一個步履蹣跚的兵，一邊從廁所走出來，一邊在繫著腰帶。

「走吧。」我吐了口水說。

我們於是悄悄地退出了那一扇廢閉不用的學校的後門。一羣白頭翁在相思樹林上喊喊喳喳地叫著。

「多嘴的白頭翁，」阿順不高興地說，「多嘴的白頭翁！」

阿順於是撿起一粒碎石，往頭頂上的相思樹梢擲去。白頭們振著翅膀飛走了，停在不遠的樹梢上，卻又依舊鼓噪起來。

「我二叔，他死定了，」阿順憂煩地說，「前年我們隔壁的阿冬姑要死了，這些死白頭也來竹圍裡吵了兩天的嘴。」

「其實，我也未必就非要那些老筍龜不可的。」

我彷彿歉然似地說。我於是也撿了幾顆石頭，遠遠地扔到白頭們正在聒噪著的樹影裡。白頭們果然鼓翼飛起了，在樹枝間跳躍了一回，就飛向更遠的林間，又開始在更遠處嘰呱、嘰呱地叫著。

走出相思樹林，眼前一亮，通往桃鎮的火車道，便長長地橫在我們的眼前了。阿順頓時忘卻了白頭聒噪的惡兆，三步兩步跳上鐵軌，伸開兩臂平衡著自己，在鐵軌上踩著細碎而熟練的步子。

「阿助，這樣，你會嗎？」

阿順說。

我興奮地踩上鐵軌。我雖也本能的伸直了兩臂，去平衡在鐵軌上不住地搖晃的自己的身體，卻總是踩了兩步、三步，就要跌下來。而阿順則不但已經在鐵軌上走了好一段距離，還一邊嗡嗡地唱著歌：

——張燈結彩喜洋洋，
勝利歌兒大家唱。
唱遍城市和村莊，

臺灣光復不能忘……

我們上二年級的那年，臺灣光復了。一時間，許多中國歌曲，以國民學校爲中心，唱遍鶯鎭的每一個角落。那時候，學校和民衆，動輒遊行，揮舞著青天白日旗，沿街高唱著例如這首〈臺灣光復歌〉。可這幾年來，卻忽然唱得少了。我想起一首直到四年級時男生們一玩「騎馬戰」時總要唱的一首歌。於是把兩手揷在口袋裡，兩隻腳乾脆就踏著枕木走著，一邊大聲地唱了起來：

——八年抗戰，八年抗戰，
勝利終是我。
……

阿順和我，像這樣地一個踩著鐵軌——當然，即使阿順的技藝再純熟，間或也不免於跌下鐵軌，格格地笑了起來——一個踏枕木，一邊走，一邊唱著大凡想得起來的，讓我們高興的歌。鐵路的一邊，是長滿了柔嫩的茅草的小坡地；鐵路的另一邊，則是由石頭和水泥砌成的，約莫有一丈來高的路基。路基上有一條小路，間或有破舊的客運車走過，則總要揚起一片褐黑色的泥塵。

「阿助，不要唱！」在十數步前的曾益順忽然大聲叫了起來，「靜靜，不要唱！」

我疑惑地看著阿順臥在鐵路旁邊，把右耳緊緊的貼著鐵軌，笑著說：

「聽！火車來了。」

我極目望去，在鐵路的盡頭，並不見火車的踪影。在晴朗的天空下，只看見鐵道旁邊的電線桿，齊齊整整地排成一線，和鐵道一齊向著鶯鎮以外的廣闊的世界延伸出去。兩隻老鷹正在左近的天空慵慵懶懶地畫著從容的、不落跡痕的圈圈。

「聽！火車來嘍！」阿順說，「趴下來聽，像我這樣。」

我把耳朵貼上微溫的鐵軌，立即聽見轟轟的車聲從鐵軌傳到我的耳朵。那有節奏的車聲，並且以固定的比率增加它的明快的節奏和音量。現在我們坐在枕木上，等待火車出現。遠遠地有不知名的鳥鳴傳來。我們終於看見了一縷黑煙，在鐵路的盡處裊裊地上升。

「來了。來了！」阿順跳著站了起來，「你瞧！火車來了！」

我們終於看見了黑色的車頭了。火車快速地向著我們駛來。我們跳到茅草坡上，聚精會神地看著火車越來越近，聽著強力的蒸汽聲和轟隆隆的車聲。火車終於飛快地以優美而又雄偉的姿勢，在我們的面前，順著鐵路轉過微小的彎度，疾馳而去。

「嗬呀！嗬呀！喂呀！」

曾益順在茅草地上向著疾馳的火車跳躍著，大聲地叫嚷。當火車駛遠，阿順忽而默默地目送著它遠去，臉上掛著一層的寂寥依戀。

「阿助，我問你。」曾益順忽然說。

「嗯。」

「阿助，如果高東茂老師在火車上，他會看見我們——嗎？」

「不知道。」我沉思著說，「我不知道。」

我確實不知道。有誰知道呢？

高東茂老師，是阿順那一班「看牛仔班」的級任老師。我們上了五年級的去年，學校在家長會有力者的壓力下，決定把在經濟上和「智力」上無法升學的學生另外設立「職工班」。在校務會議上唯一的、極力反對分班的高東茂老師，志願接下「看牛仔班」的級任。

「他教過我們唱很多歌，都是你們沒教過的。」

曾益順說著，便寂寞地、輕聲唱了起來：

——槍口對外，

齊步向前。

不打老百姓。

不打自己人。

……

我其實也記得，高東茂老師除了教他們「看牛仔班」打算盤和記帳之外，還增加圖畫、唱歌的課。高老師並且不顧校長的反對，帶著全班學生到鶯鎭附近的衛星村莊如二甲和大埤，去幫窮苦學生的農家種地、整頓公共衛生；帶著學生到田裡學習種菜、施肥、除蟲的知識。高老師並把學校公認爲「素行頑劣」、又貧窮、又調皮的曾益順擢升爲班長，要他向班級報告筍龜的生活史，使雖在「升學班」中而玩心仍重的我，在暗中欽羡不已。而正就在那時候，曾益順的話裡，突然多出了許多比較生澀的內容，例如說：分班教育是教育上的階級歧視；說窮人種糧食卻要餓肚子；說窮人蓋房子卻沒有房子住……

「他打過你一個巴掌，你不會記恨吧？」曾益順說。

現在我們仰躺在茅草坡上，看著遠處峽鎮的一抹青綠色的山。從小就聽說那山是鄭成功征臺的時候，帶著官兵路過住著鳶精的那座鳶山，被鳶精生喫了許多兵丁。鄭成功一怒，開了火炮制服了鳶精，地方才平靜下來。我沉默著，一面細細地咬著含在嘴裡的一株細嫩的茅草莖，吸吮著淡淡的甜汁。分班何嘗是我樂意的呢？尤其和素常要好的朋友──特別是和有滿肚子精彩的鬼故事、一到了夏天，就可以把筍龜裝滿他那巨大的空飯盒，帶來賣給住在鎮上的我和別的同學；又特別知道去什麼地方釣魚；知道瞞著家人去河裡游水之後要如何躲開家人的調查的曾益順──分開，看著他們懷著卑怯和怒恨疏遠，在我的幼小的心中，常常湧起自己無從解說的悲傷。

那年夏天，許多同學照舊向阿順預訂了筍龜。但一天天過去，阿順就是若無其事地不帶筍龜來。有一天，下了第三節課，五、六個同學跑到「看牛仔班」找曾益順要筍龜。

「筍龜全看牛去了，沒有。」

曾益順說著，斜著眼，挑釁地迎上前來。

「你明天帶來好了。」我忙著解圍說。

「明天也沒有。後天也沒有。大後天也沒有！」曾益順說，「沒有。你爸爸我，不給。怎樣？」

謝樵醫院的兒子，高大的謝介傑冷不防猛然向曾益順的肩膀一推，竟使曾益順跌坐在四、五尺遠的地上，撞翻了一個書桌。他茫然地坐在地上，蒼白著臉，顯然不曾料到這突然的攻擊。

「沒有筍龜，還錢來！」謝介傑說。

就在這時，高東茂老師走進了教室。除了我一個人，來要筍龜的同學，全都一哄而散了。高東茂老師一個箭步欺了上來，揮出一記沉重的掌摑，準確地甩在我的右臉上。

「還沒有到社會上去，就學會欺負窮人麼？」

高東茂老師怒聲說。

我覺得有些目眩。整個「看牛仔班」裡，一時鴉雀無聲了。當我惘然地轉身離去，正瞥見阿順一臉的驚惶和內疚。就是那天放學的路上，當我走過高大的邱記窯廠旁邊的一條小路，高東茂老師和曾益順忽然從車牌邊走了下來。

「莊源助，老師對不起你。」高東茂老師微笑著說。我抬頭望著高瘦的高東茂老師，看到他一張蒼白的臉，用一雙像是爲了什麼而長時憂愁著的眼睛望著我。

「分班是……大人做的壞事。」高東茂老師說，「老師的錯，在於用一個壞事來反對另一個壞事。啊，不懂吧？總之，老師對不起你了。」

我自然是不懂的。可是不知道爲什麼，兩個五年級的學生都同時流下了眼淚。

「我們都不要讓別人教你們從小就彼此分別，彼此仇恨，」高東茂老師說，「啊，彼此……」

寒假結束以後，回到學校，卻不見了高東茂老師。「看牛仔班」換了一個脾氣暴躁的女老師。曾益順被撤去了級長的職務，又開始恢復打架、鬧事和逃學的舊態。但唯獨在小徑上經高東茂老師恢復起來的兩個少年的友情，卻從此不曾再鬆動過。學生中，沒有人知道高東茂老師去了什麼地方。看牛仔班的同學曾向任課老師問起過，卻立刻被制止了。那一年，整個鶯鎭出奇的沉悒，連大人們也顯得沉默而懼畏。即使平時喜歡和農會總幹事許有義、謝樵醫院的「謝先生」、邱記窯廠的邱信忠這些地方

「有志」，集中到被同學們的母親們齊聲咒詈的「秀鳳酒樓」去喝酒打牌的我的父親，也只待在家裡，默默地吃飯、默默地到臺北上班。

「高老師那麼好，爲什麼不說一聲就走了呢？」我說。我吐掉嘴裡的茅草稈子，重又挑了一隻嫩莖放在嘴裡，學著水牛在嘴裡磨著。茅草在我的嘴外輕輕地搖曳。天氣逐漸炎熱起來了。

「誰知道呢？」

阿順說著，坐了起來，隨手抓住一隻大頭螞蟻放在自己的手掌上，任它張惶失措地爬行。事實上，曾益順早已聽說過，在舊曆年前一個細雨的夜裡，一輛吉普車開進了高老師家窄小的庭院，兩三個人下來敲高家的門。高老師撞破了屋後的一扇窗子，衝出細雨中的闇夜，消失在通往大湖鄉一帶的稻田裡。然而他把從大人的耳語中聽來的這事，深深地鎖在幼小的、迷惑的心裡，即使對像我這樣的好友，也不輕易吐露。

「有誰知道呢？」阿順嘆著氣說，「如果你想跟我去抓青蛙，就不要再提高老師。」

這時忽而又有一列火車奔馳而來了。阿順彈簧也似地躍了起來，對著火車，賭氣似地尖聲叫喊：

「嗬呀！嗬呀！唷！——呀……」

「嗬呀！嗬呀！唷——呀……」

我也跟著揮舞著兩臂，向著火車高聲叫喊。

等到火車去遠，在一個光禿的紅土丘陵邊的彎口上消失，一切重又恢復到只能聽見遠處的鳥聲時，我們倆便開始順著茅草小坡往下走去。翠綠色的小蝗蟲從我們走過的茅草床中，向著兩邊飛竄，在空中留下劈劈拍拍的振翅之聲。

「看！那隻紅衣的！」阿順叫了起來。

一隻碩大無比的，湛綠色的蝗蟲，正從我們的眼前飛躍而起。粉紅色的內翅，在陽光中變成一團明媚的粉紅色的彩球，悠然地飛向遠遠的茅草地上。

走下茅草小坡，就是一片經年屯積起來的溪埔了。白色和灰色的大石頭，是歷年來幾次山洪留下的遺物。我們在一段段芒草叢中走著。白花花的，粗大的芒草花，就像古代駐紮的兵營插著的軍旗，一排又一排，一團又一團，迎著西風，威武地飄揚著。一種不知其名的黃色的水鳥，在芒草稈上慌忙地跳躍，「嗶！嗶！嗶！嗶！」地叫個不停。

「阿助。」曾益順說。

「嗯。」

「我看，打明天起，你還是回學校去的好。」

「……」

「我在想：高老師知道了，恐怕也是會生氣的。」

「已經都三天沒去了。」

「……」

「那，你呢？」我說：「高老師也不見得高興你這個樣。」

阿順沉默地走著。他忽然唱起來：

——同胞們，

請聽我來唱；

我們的

東鄰舍，

有一個小東洋。

幾十年來練兵馬，

要把中國亡，

……

即使阿順的歌聲有些粗笨和沙啞，那歌聽來猶原有些淒楚。

「教我唱。」我說。

「也是高老師教的啊。」

「教我唱吧。」

阿順於是有一句沒一句地教唱，而我也有一句沒一句地跟。一直唱到最後一句：

「一心要把中國亡呀伊唷嘿」，我卻呼呼地笑了起來。

「爲什麼是『伊唷嘿』？」我說。

阿順抓著頭皮，說：

「看，鈴璫花！」

我一抬頭，看見了一大片用溪石堆高的地基，周圍用鈴璫花樹圍成了籬笆。籬笆上開滿了一朵朵標緻的鈴璫花兒。五瓣往上捲起的、淡紅色的花瓣，圍起一個嬰兒拳頭那麼大的鈴子。長長的花蕊，帶著淡黃色的花粉，像個流蘇似地掛在下垂的花朵上，隨著風輕輕地擺盪，彷彿叫人都聽見「叮呤，叮呤」的鈴聲。籬笆裡的狗，忽而凶狠地吠起來了。這使我有些駭怕，伸了一隻手緊緊地拉著阿順的衣角。

「屋裡沒人嗎？」我說，「狗要是眞衝出來，怎麼辦？」

「他們一家只母女倆，」阿順說，「這個時候，應該全在園裡做活。」

繞過鈴璫花的籬笆，就望見在一片荒漠的溪埔上，開墾出三分地大小的菜圃。菜圃的周圍，都用白色或者灰色的石頭砌成矮小的圍牆。遠遠地有一位穿著黑衣的老婆婆和一位穿著褪了色的花布衣裳的閨女，彎著身子，在園裡做活。

「『客人仔蕃薯』這個人，聽過吧？」阿順說。

我們坐在鈴璫花樹的陰影裡，解開上衣的鈕扣，坐在石頭上，望著在太陽底下細心地爲園裡的菜蔬澆水的母女。我搖了搖頭，說不知道。

「你什麼也不知道。」阿順歎著氣說，「眞不知道你們升學考的是什麼玩意。」

曾益順於是講了一個故事。這故事自然又是阿順從他們曾厝那邊的農民在曬穀場上吃晚飯聊天的時候聽了來的。

約莫五年前吧，在全是福佬人世代麕居的鶯鎮，突然從南部的客莊搬來了一家姓徐的客家人。由於語言不通，又不免在福佬人的鶯鎮受一點點歧視，他們就選定了這片荒廢的屯積溪埔地，蓋起農舍，養著雞鴨，把一片荒草和礫石之地，開成幾分園圃，種起了蕃薯。由於據說是南方客莊帶來的異種，種出來的蕃薯，倒也格外地香鬆。擺在市場上賣，「客（家）人仔蕃薯」之名，非但竟不脛而走，甚且還成了鎮上和四處村莊的人們指著這孤單地在荒亂的溪埔中開地種菜的一家人的稱呼了。

但這初來鶯鎮時就帶著胃病的徐阿興，在把蕃薯園改種了各種菜蔬的那年，竟撒手死在胃病上。「奇咧，胃病也有痛死人的嗎？」鶯鎮的人議論著說。但因著客家婦女勤勞刻苦的慣習，徐阿興的女人和獨一個閨女，在沉默的哀傷中，結結實實地接下了整地種菜的工作。

到了去年年末，鶯鎮上的兵忽然多了。徐阿興的女人在菜市場上逢了一個出來採購菜蔬的，青年的、徐姓的炊事兵，便成了「客人仔蕃薯」家的客人，兩相認起宗親來。這年輕的炊事班長，每逢星期假日，便到溪埔的徐家幫忙挑水、整地、種菜。日子一久，徐阿興的女人漸漸有意把女兒許配與他。每當節日，硬是到國校松林下的營區門口，央求著讓那炊事兵出來過節，使那年輕的炊事班長成了弟兄們嘩笑的對象。

「後來呢？」我說。

「可憐喂，那炊事小班長，也得了痢疾，拖了個把月，竟也是死了。」

這時，我看見了那穿著黑衣的婦人在園中直起腰來，用袖口擦去臉上的汗水。那是個高大的女人，太陽早已曬黑了她的臉。

「她們都是命中帶剋的女人。」

阿順把嘴附在我的耳朵，細聲說。

「剋夫？」

「噓！」曾益順緊張地望著菜園裡的女人，說：「輕一點說。笨！」

「什麼意思？」我細聲說。

「走吧。」阿順無奈地說。

在我們離開「客人仔蕃薯」的家和菜圃之前，我盡情地採了兩手滿滿的鈴璫花。太陽爬得更高了。腳底下的泥沙開始有些燙人。好的是到處都有因爲地下水而潮溼的、黑色的地帶，使我們得以在覺得燙腳的時候，跳到黑色的泥沙上去歇歇。現在，我開始把鈴璫花撕開了，撒在乾燥的、白色的石頭上。忽然間，我看見了一隻土色的蛙，從我的身邊縱身躍起，不消幾個跳躍，便消失在石頭的陰影裡了。

「青蛙！」我高興地說，「看，青蛙！」

曾益順回過身來，面對著我，倒退地走著。

「肚子餓了。」他說：「你不餓嗎？」

我想起來留在廢窯中的便當，便說：

「回去吃便當吧。」

倒退著走路的曾益順被一個石頭絆倒了。猛一個筋斗，使他跌坐在地上。我於是不禁格格地笑了起來。然而坐在地上的阿順，卻一本正經地說：

「我們吃花生去！」

我們於是開始向著溪邊跑了起來。比起我來，曾益順跑起來又快又俐落。由於不善於踩著比較大的石子跑，幾次讓尖硬的細石刺痛了腳底的我，不得不放慢了速度。

「想吃花生的，就跑快些喲！」曾益順歡呼著說。我終於跑到了溪邊一片黑色的砂埔上。砂埔再過去，是一道約莫有六尺多寬的，混濁的溪水。溪水再過去，是一大片黑色的砂地。極目望去，除了防風的竹圍，儘是翠綠色的花生園。園上隔著老遠，便搭著一間以稻草蓋成的看守的草寮。我看見早已脫得只剩下一條內褲的阿順，向我招手。

「我游水過去對岸，偷些花生，」阿順說，「你拿著我的衣服，一看見對岸上有人來，拿著衣服在草叢上胡亂地打，一面要高聲喊叫：打蝗蟲唷！打蝗蟲唷！」

阿順於是背著我脫下褲子，走進水裡。走到水浸及他的早熟的腰身時，阿順便開始蛙泳。他游得一點水聲也沒有，卻堅定地向著對岸挺進。當他靜靜地抵達了對岸，迅速地回頭望了我一眼，這才使我想到：自己的職責，應該在監看那一整片花生園。由於正午的暑氣，現在花生園看來好像是隔著一個滾水的大鍋一般，使得一片翠綠，整個兒在熱氣中輕微地顫動著。除了幾隻灰色的野鴿子，整個花生園子裡，看不見人在走動的影子。

阿順俐落地匍匐著前進，把身體趴得很低。他一逼近花生園的邊緣，就開始迅速地從黑色的沙地中，拔起一棵棵伸手可及的花生。由於沙地鬆軟，他看來不必賣多少力氣，就把一串串白殼的花生拔出泥沙。

現在他抱著滿懷的花生，以立泳往回頭游過來了。他依舊小心地，充滿著陰謀那麼樣沉默地游著，只聽見沉悒的水聲，汩汩地流著。當他在這一邊站出水面時，帶起一片白花花的水，嘩嘩作響，使我緊張得拚命地向對岸張望。他抱著帶葉帶莖的花生，迅速地向著我所站立的岸上跑來。但是頭一次，我看到與我同年齡的他的鷄鷄，竟發育得差不多像個大人了，在他的快跑中，很是纍纍地搖動著，使我驚異得目瞪口呆。

「哇——哇。」阿順說。

阿順堆著一臉狡慧的、興奮的笑，把抱在懷中的一大把花生，丟在一大叢老芒草後面的沙地上。他伸手接過我遞給他的衣褲，突然若有所思地，背過身子去穿起褲子。

「這些花生，夠我們吃個飽了。」他說。

我驚魂甫定，才喃喃地說：

「阿順，不想你已變了大人了。」

他先是一楞，繼而便嗔怒似地說：

「×！不要笑我，你也會的。」

我其實竟沒有絲毫調笑的意思的。那時候，我只感覺到一種於當時爲無由言宣的，對於自然的敬畏罷了。他開始用雙手在鬆軟的泥沙地上挖起一個小坑，並叫我四處去找些乾枯的芒草稈子，或者大水流來的碎木枝來，鋪在坑洞裡。他然後得意地從衣服口袋裡摸出一盒火柴，點燃了柴火。我一面依他的指令，把花生的莖葉去掉，只剩下一個拖著大串大串十分豐實的黃白色的花生的根。等到最旺的火一過，我們便把所有的生的花生投入火坑中，迅速地用乾燥的砂子封平了燙人的砂坑，並且還堆成小小的砂丘。

我們於是在不遠的兩棵茄冬樹下並躺了下來。從樹下這樣完全地仰視，看得見明亮的、淺藍色的天空，透過並不縝密的、又隨著溪床上的風不住地搖曳的、茄冬的葉影，在我們的眼前開了又合，合了又開，久而竟覺得整個天地穹蒼都在輕微地、溫柔地搖動著、旋轉著，彷彿幼小時睡過搖籃的記憶，都在這遼闊的天籟中甦醒過來了。

「其實呢，」阿順說，「我一直到十歲了才入學的。」

他說，由於出生於貧乏的佃農家，一直到他十歲，臺灣光復的那年，他都不曾入學。

「光復那年，我們曾厝那邊，有一個遠親，被日本人從監牢裡放了回來，」阿順說，「看了我還不曾讀書，就說：現在是咱中國的時代，人人都要讀書識字，建設中國什麼的……」

阿順於是入了小學。據阿順說，過了兩年，他那「曾厝的遠親」，牽涉了什麼事變，就從此再沒有回家過。

「那時，阿爸說，不讀了。讀書做讀書人，做官有分，殺頭也有分，阿爸說了，我們還是戇牛，戇戇的過日好些。」阿順說，「就是在三年級那年，阿爸把我拉在他身邊種田，說是再也不讓我讀書了。」

阿順說，又過了一年，二甲那邊的高厝，從中國大陸回來了一個青年。他原是日本徵了去中國大陸打仗的。可一去了大陸，卻投到中國那邊做事了。這年輕的人，恰好就是高東茂老師。

「二甲的高厝，同我們曾厝，因爲我們先人拜過兄弟，彼此走得很近。」阿順說，「阿爸這回又聽了高老師的話，送我來上學的。」

「你不想再回學校嗎？好歹先畢業了……」我忽然說。

他沉默了。過了許久，他忽然說：

「餓不餓？」

「嗯。」

「一直到高東茂老師當級任，我才開始覺得：莊里人，並不就是沒路用的人。」

他沉思著說，把右腿翹在左腿上。太陽越發的亮麗了。現在他把左手臂彎起來遮住仰視著的他的雙眼，而我則側身而臥，正好看見不遠的沙堆上半埋著一隻深綠色的小汽水瓶，叫人想著嵌在瓶頸裡的玻璃珠子。

「高老師走了。再沒人把放牛的當人看喲……」阿順唱歌般地說。於是他歎了一口氣，坐了起來。

「餓不餓？」他終於說。

「嗯。」

兩個小孩用枯樹枝撥開悶烤著花生的砂坑。

「可當心！這砂還是燙人的啊。」他說。

我們又回到茄冬樹下去喫花生。那些年，花生是最普遍的零食。砂炒的、鹽水炒的、炒蒜泥的……幾乎在每一家雜貨舖子裡，都用玻璃缸子分類盛著賣。你要買罷，老闆就把手伸到玻璃缸裡，拿起缸裡的小茶杯，杯子裡墊著厚紙，量給你的時候，他還把大姆指壓進杯子裡。就這樣，算你一杯多少錢，幾乎到處都這個賣法，也眞不知道那一個精靈的老闆第一個想起來的辦法。儘管人人都知道其中之「詐」，可是愛喫花生的，卻人人都認可了這個「詐」。

然而這火悶的花生，卻有一切砂炒的、鹽水炒的和蒜泥炒的花生所沒有的香味：新鮮，帶著一股生豆的香味，和被燒焦了的花生殼燻出來的獨特的芬芳。

我們把花生喫滿了兩個肚子，還剩下許多，我們把它統統裝進了每一個口袋。曾益順開始打嗝。太陽早已爬到我們的頭頂上，茄冬樹的影子變得越發的小了。偌大一個溪床，開始燥熱起來。每一個大石頭輻射出來的熱氣，使周遭變得格外的燠熱。

「回去，睡個午覺。」阿順說。

「到我們的窯子嗎？」

「嗯。」

我想起廢窯裡那股清冽的涼爽來。這兩天，都是在那兒睡的午覺。頭一次，總覺得養在水缸裡的小毒蛇會隨時探出頭來，滑落在我的頭上，緊張得睡不成覺。而阿順卻早已打著輕輕的鼾聲了。這時候，不遠的芒草叢裡，忽然竄出一團土灰色的東西來。阿順跳了起來，直追了出去。

「野兔子！」他叫著說。

他跑了幾步，站立在那裡，看著它飛快地消失在炎熱的亂石中，只剩下一片白色的芒花，在風中若無其事地晃動著。

「×！野兔呢！」阿順回過頭來，興奮地說，「好肥的一隻，×伊娘咧！」

我站在茄冬樹下，忽而在野兔消失的方向看見一座很小的山丘。在它的頂端，有一間彷彿小亭子似的黑色的影子。

「嘿！看見了麼？」

我高興地叫了起來。曾益順困惑地尋著我看出去的方位。一點也不錯，那就是「水螺台」了。在離開我家後面不遠的地方，有一座小山，我們鄰右的孩子們都稱它爲「後壁山」。

「看見了麼？那就是我告訴過你的『後壁山』。」我叫著說，「看見了罷？」

「噢。」他說。

我從來也不曾知道，從它的後面看起來，「後壁山」上的相思樹林看來會那麼樣的婆娑有致。從小到現在，我曾或者獨自一人，也或者和幾個玩伴，在那日本時代留下來的，專爲了空襲警報器——人們稱爲「水螺」的——蓋起來的山頂上的小亭子下，胡亂地眺望過我現在站著的這一大片荒蕪的溪埔。但是從這溪埔反過來看山，則這是第一次。山底下有一小片細竹林，中間的一塊，竟有些焦黃了。竹林旁邊，生著一些雜木，猶記得其中的一棵還能在秋時先是開出一種四片的白花，其後便結出一種果肉硬澀的淡紫色的果子。從這雜木層往上，便是一片墨綠色的相思樹林。在晴朗的天空下，相思樹葉在瘦高、黝黑的枝幹上，渲染著大大小小的、由葉子織成的球形。在它的最外層，又布置了一層嫩綠色的新芽，在明亮的陽光中，發出溫柔的綠光。

我和曾益順終於從「後壁山」的背後，登上了它的山頂，肩並著肩，坐在一個紅磚亭下。亭子上頭，就是一個木頭釘好的小棚，裝著廢棄多時的警報馬達。在戰爭的末期，每當美國的飛機出現，它就發出響徹整個鶯鎮的，駭人心魄的空襲警報。所好的是，眞正落在鶯鎮上的炸彈合起來只有三顆：一顆落在集中了許多窯廠的、尖山一帶，炸斷了兩三隻窯廠的煙囪；一顆落在日本人所經營，於早已廢置的「西松組」焦炭廠旁邊的水稻田中，卻不曾爆炸。

「另外有一顆就落在那邊，」我指著山腳下靠右的派出所，說：「偏就是落在一個防空壕上，一口氣炸死了幾個日本人和臺灣人警察，還有他們的家屬。」

在這個亭下，我們可以看見絕大部分的鶯鎮東區所有人家的、陳舊的瓦屋頂。升著青天白日旗的地方，就是派出所了。現在看來，非但看不見轟炸的一點點痕跡，即連日本人經營過的院子裡的一些花木，還茂盛地長高過派出所的屋頂。

「你來學學鷄叫。」阿順忽然說。

我笑了起來。是我告訴他的。我喜歡在周日的清早，獨自在這裡學公鷄啼叫。在那個年代，即使在鎭上，幾乎每隔幾家，就有人自己飼養著鷄鴨，準備在年節或者待客時使用。此所以每當我來這山上對著錯錯落落的、鶯鎭東區的屋頂，學著鷄啼時，立刻就有附近的公鷄炫耀似地、熱心地應和起來。而它們的啼聲，又得了更遠一些的公鷄的響應。不要多久，差不多全鶯鎭的東區一帶的公鷄，都此起彼落地唱和起來，使自以爲得計的，這「後壁山」上的少年，獨自享受著指揮者的快樂。

「喔、喔、喔——」

阿順用兩手護著嘴，笨拙地、沙啞地學著鷄鳴，然後獨自笑了起來。

「不像。」我說。

「喔、喔、喔——」

「這種時候，鷄也不叫的。」我說。

然而偏是在山的西邊，遠遠地竟有一聲聽起來還半大不小的公鷄的啼聲，在風中傳來。

「聽！叫了，嘿！」阿順高興地叫了起來。

「喔、喔、喔——」

他又向著西邊的屋頂盡心地學著。但不論他怎樣的想學像些，回應他的，卻單只有鎮上的稀疏的市聲罷了。

「看到嗎?·那就是我家。」我說。

我指著山的西邊的，從一個高高地突出於屋頂上的破舊的鴿子籠，往右邊計算了四個同是灰黑色的屋頂，告訴他，那透露著老榕樹頂的地方，便是我常提起的，我家屋後的深可二丈餘的一口古井。

「兩丈多深?·」他搖著頭說，「我不信。」

兩丈多深，卻是一點也不假的。在鶯鎮，尤其是在這東區，非但每一口井都有一兩丈深，而且水質又不好。淸晨打開水缸，常常可以看見在水面上浮著一層暗色的水鏽，間或也漂著並不鮮艷的油光。也正由於井特別的深，鐵轆轤的生鐵軸心也就消耗得特別的快。把木桶墜下去，那轆轤總要發出好久的、悲切「唧唧」聲，才聽見木桶甩在遙遠的井底的沉滯的撞水聲。而後婦女便得用雙手去使出全身的力氣，把臂部歪在一邊，一節節從井中拉上裝滿了水的水桶。而由於水少，井邊婦女們吵架的事，尤其多見。

我也告訴阿順，井邊的一家，就是我說過的外省人金先生的家。

「你說是給他老婆做飯、洗衣服的金先生嗎？」他說。

光復以後，在鶯鎮，也陸續來住過一些外省人。但也不知因何都終又搬了出去。金先生之不同，在於他是唯一的單身來到鶯鎮的外省人。他長得高大，頭髮總是光光鮮鮮地上著髮油。由於語言不通，他總是用笑嘻嘻的臉，連比帶寫地同人談話。而每值他笑開了口，便不由得要露出一排黃澄澄的、微暴的金牙來。他還常常喜歡穿著寬鬆的褲子，總是白色的棉襪，穿黑色的布鞋。即使是現在，我也不清楚當時他做的什麼行業，但覺得在當時他似乎頗有些勢力，連鎮長、派出所裡的人，都對他恭恭敬敬。

就是那年的夏天，那時已接近四十歲的金先生結了婚，租下了我家後院井邊的一棟古老的日式房子。

「不是說，外省人租房子，一住就佔著不放麼？」他說。

大人們是常這樣說的。不過，在鶯鎮，似乎也還不曾發生過這樣的事。四年前才從上海回鄉來的金先生的房東余義德，便是一向極力聲言絕不租房子給外省人的人。但這回他卻不但租了房子給了金先生，卻連一個二十歲的女兒也嫁給了他。

「那房東，在上海的時候，是替日本做事的。」我回憶著大人們的耳語說，「說是在上海，全家住在日本人的住區，講的全是日本話，不許兒女說一句中國話。」

「爲什麼哩？」

「不知道。」我說，「大人們，都是這樣說啊。」

笑嘻嘻的金先生搬來後院那家日式房子的時候，我曾擠在小孩堆裡去看過。金先生把桌子、椅子、床舖，一概搬到榻榻米上。上榻榻米的時候，金先生並不脫掉他那巨大的黑布鞋，也不怕踩髒了乾乾淨淨的榻榻米，從而頗引起左右鄰舍的主婦們的議論。然則議論歸議論，房東的余義德先生不久就當上了鎭公所的戶政課長，並且開始在官式的場合，以帶著土音的上海話，談著三民主義，談著建設中國之類的事了。而婚後不久，金先生左右鄰舍的主婦們，立刻又傳出金先生如何竟會下廚做菜；如何竟幫著新娘洗衣服；如何整天對新太太輕聲細氣，體貼入微，而艷羨不已。

「哎唷，」在井邊洗衣淘米的女人們驚嘆的說：「外省男人怎麼跟我們的男人全不同款哩！」

「我就不信，」阿順不以爲然地說，「我就不信外省男人都怕老婆。例如那個周宏時老師。哼！」

曾益順果然舉出了好例子。周宏時老師，是學校裡唯一的外省老師。他的一口濃重的湖北口音——例如國家的「國」字唸成「鬼」字之類——一時間使學校的國語教育弄得無所適從。而這周老師，就是成天皺著眉心，不只是動輒狠打學生的手心，回到那陳舊的教員宿舍也常對老婆、孩子拳打腳踢，高聲咒罵。

太陽開始有些偏西了。在這小小的山上，風一直不斷地從後面的溪埔吹來。向著左前方極目望去，尖山一帶林立著的窯廠的煙囪，開始吐著黃黑色的濃煙。有一列長長的貨車正向桃鎮駛去，在遠處的樹影中忽隱忽現，而終至於消失了。我和阿順就是這樣地說著各自的見聞，消磨著長長的、逃學的午後。我帶他去看過一個左側山腰的灌木叢中的一個陳舊的鳥巢，告訴他，那一對鳥是怎樣的比野鴿略小，胸前有著一片深紅色的、發亮的羽毛，並且產下一對翠綠色的蛋，阿順卻只頑固地說：

「我不信。」

「騙你，就死！走不回家！」我賭咒說，「分明我還趁鳥兒不在的時候，把蛋摸出來放在手裡玩過的。」

「我不信，蛋有綠色的？」他說，「那你說，後來呢？」

我於是又花了許多唇舌，告訴他母鳥知道人動過它的巢和蛋，賭狠不要巢和蛋，就一去不返了。

「這你就說到內行話了，」阿順沉思地說，「鳥，是會這樣的。」

我又帶他去看一株我秘爲「私有」的野蕃石榴樹。在那個年代，凡小孩就必須自己到自然中找零嘴兒喫。酢漿草的又肥又長的白莖，嚼起來是酸中帶著些甜的；早晨蝴蝶尚不曾採過蜜的牽牛花兒，拔開花瓣，用舌尖去舐花心，眞有一絲蜜蜜的甜味。還有一種指頭尖那麼大的野草莓，貪心地採了一口袋，卻讓紅色的甜汁染髒了衣服，而誰要是發現了一棵野蕃石榴樹，總要秘爲「私有」，直等到吃膩了，也或者快過了結實的季節，才漫不經心地對玩伴「公開」。我於是帶著阿順去找我那至今尙未「公開」的野蕃石榴樹，一路上告訴他我初發現了它是如何結著纍纍的碩實；如何地上都爛著熟透的果子；如何每一個蕃石榴都留著鳥兒的啄印。但當我們走到，卻出乎我意外地，樹上連一顆待熟的、青澀的果子都沒有。即連地上，也找不著一顆稍微成形的落實。

「看吧，」阿順笑著說，「我說過，我就是不信。」

「不！你非信不可。」我著急地說，「一定讓人找著了，採個精光。」

「我想拉屎。」他忽然叫人啼笑皆非地說。

他三步兩步找到一個草不搔著屁股的地方蹲了下來。在這人跡罕到的野地，經他一說，自己也無端地想去蹲著。我於是也走到另外一頭蹲下來。

「有蛇沒？」他在那頭笑著問。

「從沒見過，除非在山洞裡。」

「山洞？」

「對啦！」我高興地想起來：「從這兒再往左邊下，在半山腰上，有個碉堡。」

「碉堡？」阿順又笑了，「我不信。」

「待會就帶著你去，」我一邊用力，一邊說，「日本人怕美國人登陸，從峽鎮那邊打過來，砲口便開向峽鶯橋那邊……」

「我不信。」

「碉堡的旁邊，隔十來步罷，開著一個山洞，直通到用水泥砌成的碉堡裡。」

「嗯……」

現在輪著他在用力了。

「光復以後，洞裡面塌過一部分。」我說，開始折下一截枯枝揩後面，「有時候，有野狗在裡頭生小狗呢。」

「可是你說的是有蛇住裡頭。」

「可不是，龜殼花！不騙你！」

「你又見過龜殼花啦。」他笑了起來

「見過。當然見過！」

「什麼樣子，龜殼花？」

「細細的脖子，」我拉起褲子，眼睛往上翻，努力地想著那次點蠟燭跟鄰居的陳大哥進山洞裡「探險」那一遭所見過的龜殼花，「三角形頭的嘛，肥肥的身，粗短的尾巴，像是被剁掉了尾，初初才好了似的。」

「是毒蛇，那一種不是這樣？」他又笑了起來，「我問你是什麼花色？」

「蛇身上是六角形的花，」我不假思索的說，「花上帶著一點點紅。」

我聽見他窸窸窣窣地穿著褲子。

「你說對了。」他走出草叢說，「帶我去罷。」

「現在洞裡面怕都塌得不成樣子。」

「沒關係。」

「也許有野狗住著。」

「也沒關係。」

「我看，下回去罷，帶著棍子和蠟燭。」

「要不就根本沒什麼碉堡了，」阿順笑了起來。

我們於是一邊踩著幾乎要被怒生的羊齒漫遮了的小路，一邊挑著結實的石頭握在手裡，由我帶頭，走向碉堡去。

阿順終於看到了幾乎要被雜草遮住的，水泥砌成的砲口。「啊，眞是一個砲口。」他驚歎地說。如果不是在砲口上隔著三尺多深的水泥台，曾益順一定會把他的手伸進那幽暗的砲口去的。我於是告訴他，從山洞走進去，如果沒有塌壞，就可以走到這個碉堡裡的。

然而當我們走近洞口，忽然看見一個人影正要奪著洞口衝出去。就在那一瞬間，我聽見阿順一聲悲厲的叫聲：

「高老師！」

那人緊緊地握著一枝短棒，收住正要奔逃的雙腳，回過頭來。啊！那是高老師麼？髒髒的長髮，深陷的面頰，凌亂而濃黑的鬍鬚，因著消瘦和污垢而更顯得巨大、散發著無比的驚恐的，滿是血絲的眼睛。

「高老師……」

曾益順開始流淚。我則只是傻楞楞地站在一邊。現在我逐漸認出這鬼魂一般的人，確實是高東茂老師了。他開始以極度恐懼的神色，左右盼顧著。

「進去。」

他指著洞口說。那聲音像是發自一個極其老衰的老人。阿順毫不躊躇地走進洞口。

「進去！」

高東茂老師驚恐地、壓低了聲音，斥責猶豫不前的我。我終於擠在阿順的身邊，瑟縮地蹲著，把眼睛睜得大大地看著高老師彎著腰也走了進來。我逐漸聞到他身上發出來的異味了。他的一身衣服很單薄，污穢而且破爛。他靠著比較陰暗的一面石壁，坐了下來。他幾次躲避了我們兩雙疑惑、哀傷而又同情的眼睛，終於低下了頭。

「走吧。」他微弱地說：「走吧。」他忽然驚醒似地抬起頭來，睜開寓藏著無量數的懼怖和憂傷的眼睛，「不要告訴別人好嗎？不要告訴任何人。」

「高老師。」阿順說。

「不可以告訴任何人。走吧。」高東茂老師說。

「高老師，要不要我們回去帶些吃的東西？」阿順說。

「不要。你們走吧。」

「我馬上就回來。」阿順央求著說。

「走吧！」高東茂老師似乎急躁起來，望著黑暗的山洞深處，對著自己絮絮地說著什麼。

「高老師，」阿順說

「走，走！」高東茂老師忽然用高亢的聲音說。他的一隻手裡緊緊地抓著木棒，卻輕輕地抖動著。他的另一隻手直指著洞口。

曾益順滿臉的淚痕，開始把每一個口袋裡的花生掏出來，放在地上。我也學著他的樣，把所有的花生全掏了出來，和阿順的堆成一個小花生堆。

「高老師，明天早上，我送飯來。」阿順拭著眼淚說。

「走吧！」高老師張著空洞的、愁苦的眼睛說。

阿順和我出了山洞。天色逐漸地晚了。兩個人從後壁山一直走到崁頂的廢窯，一路上都沉默著，一句話也沒說過。直到我們在廢窯各自拿了書包，紅腫著眼睛的曾益順才說：

「阿助，我們誰都不能說出去。」他嚴肅地說，「明天一早，我們把我們的便當都拿去送他吃。」

「放心，我一定裝一個結實的大便當。」我說。

第二天早上，我迫不及待地跑到山洞口，卻看見曾益順早已呆呆地坐在洞口。我走近一看，整個山洞裡，除了亂石和一些沿著洞壁的岩石汩汩地滲落的水滴，在晨光中，卻空無一物。

「高老師還在睡著罷？」我細聲說。

阿順搖了搖頭，說：

「他早走了。」

「你沒往裡找吧？」

「找過了。」

「沒在？」

他搖著頭，忍著忍著的他的眼淚，就靜悄悄地掛了下來。

我進了山洞，走了幾步，恰好就在左轉的一個小坑道上，看見一塊舖在地上的破舊的毛毯，和幾個粗糙的陶碗。碗邊還留著三、四個熟透了的蕃石榴，它們的濃香和山洞裡獨有的霉味，混合成一種奇異的氣味，直向鼻前襲來。毛毯的另一端，是一堆剝開的花生殼。

我走出洞外，看見曾益順早已走在幾十步外了。

「阿順！」我叫著，匆匆跟了上去。

他沒有回答，只是一逕撥開怒生了滿地的羊齒，往山下走去。我默默地跟在後面，偶爾叫他幾聲，阿順只是沉默地走著。我就這樣跟著他一前一後地走在清晨的大漢溪埔上，看見他久久就抬一次手拭淚的背影。一直到我跟過了那滿開著鈴璫花的花樹做籬笆的，「客人仔蕃薯」的女人的家，不知為了什麼，忽然覺得我不應該再這樣跟著阿順。讓他一個人吧，我忽然對著自己說。我緩緩地立定了腳，在那欣然地開著粉紅色的鈴璫花的籬笆下，目送著阿順一邊拭淚，一邊走遠了。

而那年的夏天，我考取了臺北的C中初中部。這以後的一年中，我逐漸從大人的口中知道了逃離山洞的高東茂老師，不久就被捕獲了。並且又在其後不久，有人在臺北車站的一個告示上，在一排都被重重地用朱紅的墨勾劃過的名字中，找到「高東茂」三個字。而說來怪奇，就那一年，故鄉鶯鎮的事故也特別的多。例如在鐵橋下發生過一宗溪鎮和桃鎮的流氓火併的事件，把一條壯碩的漢子，用掃刀劈下整個肩膀，橫屍在大街上；鶯鎮國小的那一大片漂亮的黑松林，忽然得了蟲害，不消幾個月，全部枯死了，被駐軍砍了當柴火；笑呵呵的金先生的原配夫人忽然帶著兒女從大陸來了臺灣。被金先生遺棄的余義德的女兒，恰好就吊死在「後壁山」上。而余義德先生雖然離開了鎮公所，卻也坐到鶯鎮農會總幹事的位子上去了。

至於曾益順，則自從在鈴璫花下一別，三十多年來，一直都沒有再遇見過。而我和我的全家，在我考取大學工科的那年，舉家遷來這首善的都會。一直到近年來，偶爾在報章雜誌上讀到一些反共宣傳文章，才在連自己都不甚了然的情懷中，重又想起高東茂老師來。而雖說是想起了他，其實再也無從清晰地想起高老師的面容。但唯獨高東茂老師的那一雙倉惶的、憂愁的眼睛，倒確乎是歷歷如在眼前……

一九八三年三月二十日

——一九八三年四月《文季》一期

山路

「楊教授，特三病房那位太太……」

他從病房隨著這位剛剛查好病房的主治大夫，到護士站裡來。年輕的陳醫生和王醫生恭謹地站在那位被稱爲「楊教授」的、身材頎長、一頭灰色的鬈髮的老醫生的身邊，肅然地聽他一邊翻閱厚厚的病歷，一邊喁喁地論說著。

現在他只好靜靜地站在護士站中的一角。看看白衣白裙、白襪白鞋的護士們在他身邊匆忙地走著，他開始對於在這空間中顯然是多餘的自己，感到彷彿闖進了他不該出現的場所的那種歉疚和不安。他抬起頭，恰好看見楊教授寬邊的、黑色玳瑁眼鏡後面，一雙疲倦的眼睛。

「楊大夫，楊教授！」他說。

兩個年輕的醫生和楊教授都安靜地凝視著他。電話嗚嗚地響了。「內分泌科。」一個護士說。

「楊教授，請問一下，特三病房那位老太太，是怎麼個情況？」

他走向前去。陳醫生在病歷堆中找出一個嶄新的病歷資料。

楊教授開始翻閱病歷，同時低聲向王醫生詢問著什麼。然後那小醫生抬起頭來，說：

「楊教授問你，是病人的……病人的什麼人？」

「弟弟。」他說，「不……是小叔罷。」他笑了起來。「伊是我大嫂。」他說。

他於是在西裝上身的口袋中，掏出了一張名片，拘禮地遞給了楊教授。

「李國木

誠信會計師事務所」

楊教授把名片看了看，就交給在他右首的陳醫生，讓他用小釘書機把片子釘在病歷檔案上。

「我們，恐怕還要再做幾個檢查看看。」楊教授說，沉吟著：「請你再說說看，這位老太太發病的情形。」

「發病的情形?哦，」他說，「伊就是那樣地萎弱下來。好好的一個人，突然就那樣地萎弱下來了。」

楊教授沉默著，用雙手環抱著自己的前胸。他看見楊教授的左手，粗大而顯出職業性的潔淨。左手腕上帶著一隻金色的、顯然是極爲名貴的手錶。楊教授嘆了口氣，望了望陳醫師，陳醫師便說：

「楊教授的意思，是說，有沒有特別原因，啊，譬如說，過分的憂愁，忿怒啦……」

「噢，」他說

轉到臺北這家著名的教學醫院之前，看過幾家私人診所和綜合醫院，但卻從來沒有一家問過這樣的問題。但是，一時間，當著許多人，他近乎本能地說了謊。

「噢，」他說，「沒有，沒有……」

「這樣，你回去仔細想想。」楊教授一邊走出護士站，一邊說，「我們怕是還要爲伊做幾個檢查的。」

他走回特三病房。他的老大嫂睡著了。他看著在這近一個半月來明顯地消瘦下來的伊的側臉，輕輕地擱在一只十分乾淨、鬆軟的枕頭上。特等病房裡，有地毯、電話、冰箱、小廚房、電視和獨立的盥洗室。方才等他來接了班，回去煮些滋補的東西的他的妻子，把這病房收拾得眞是窗明几淨。暖氣颼颼地吹著。他脫下外衣，輕輕地走到窗口。窗外的地面上，是一個寬闊的、古風的水池。水池周圍種滿了各種熱帶性的大葉子植物。從四樓的這個窗口望下去，高高噴起的噴泉水，形成一片薄薄的白霧，像是在風中輕輕飄動的薄紗，在肥大茂盛的樹葉，在錯落有致的臥石和池中碩大的、白的和紅的鯉魚上，搖曳生姿。

寒流襲來的深春，窗外的天空，淨是一片沉重的鉛灰的顏色。換了幾家醫院，卻始終查不出老大嫂的病因之後，他正巧在這些天裡不住地疑心：伊的病，究竟和那個消息有沒有關係。「啊，譬如說，過分的憂傷、忿怒……」醫師的話在他的腦中盤桓著。然而，他想著，那卻也不是什麼憂傷，也不是什麼忿怒的罷。他望著不畏乎深春的寒冷，一仍在池中莊嚴地游動著的鯉魚，愁煩地想著。

約莫是兩月之前的一天，一貫是早晨四點鐘就起了床，爲李國木一家煮好稀飯後，就跟著鄰近的老人們到堤防邊去散步，然後在六點多鐘回來打點孩子上學，又然後開始讀報的他的老大嫂，忽而就出了事。那天早上，他的獨生女，國中一年生的翠玉，在他的臥房門上用力敲打著。「爸！爸！」翠玉驚恐地喊著，「爸！快起來啦，伯母伊……」李國木夫妻倉惶地衝到客廳，看見老大嫂滿臉的淚痕，報紙攤在沙發腳下。

「阿嫂！」他的妻子月香叫了起來。伊繞過了茶几，搶上前去，坐在老大嫂坐著沙發的扶手上，手抱著老嫂的肩膀，一手撩起自己的晨褸的一角，爲老大嫂揩去滿頰的淚。「嫂，你是怎麼了嗎？是那裡不舒服了嗎……」伊說著，竟也哽咽起來了。

他靜默地站在茶几前，老大嫂到李家來，足有三十年了。在這三十年裡，最苦的日子，全都過去了，而他卻從來不曾見過他尊敬有過於生身之母的老大嫂，這樣傷痛地哭過。爲了什麼呢？他深鎖著眉頭，想著。

老大嫂低著頭，把臉埋在自己的雙手裡，強自抑制著潮水般一波跟著一波襲來的啜泣。「嫂，您說話呀，是怎樣了呢？」月香哭著說。李國木把雙手放在驚立一邊的女兒翠玉的肩上。

「上學去吧。」他輕聲說，「放學回來，伯母就好了。」

李國木和他的妻子靜靜地坐在清晨的客廳裡，聽著老大嫂的啜泣逐漸平靜下來。

那天，他讓妻子月香去上班，自己卻留下來陪著老嫂子。他走進伊的臥房，看見伊獨自仰躺著，一雙哭腫的眼睛正望著剛剛漆過的天花板。擱在被外的兩手，把捲成一個短棒似的今早的報紙，緊緊地握著。

「嫂。」他說著，坐在床邊的一把籐椅上。

「上班去吧。」伊說

「……」

「我沒什麼。」伊忽然用日本話說，「所以，安心罷。」

「我原就不想去上班的，」他安慰著說，「只是，嫂，如果心裡有什麼，何不說出來聽聽？」

老大嫂沉默著。伊的五十許的，略長的臉龐，看來比平時蒼白了許多。歲月在伊的額頭、眼周和嘴角留下十分顯著的彫痕。那是什麼樣的歲月啊！他想著。

「這三十年來，您毋寧像是我的母親一樣……」

他說，他的聲音，因著激動，竟而有些抖顫起來了。

伊側過頭來望著他，看見發紅而且溼潤起來了的他的眼睛，微笑地伸出手來，讓他握著。

「看，你都四十出了頭了。」伊說，「事業、家庭，都有了點著落，叫人安心。」

他把伊的手握在手裡摩著。然後雙手把伊的手送回被窩上。他摸起一包菸，點了起來。

「菸，還是少抽的好。」伊說

「姊さん。」

他用從小叫慣的日語稱呼著伊。在日本話裡，姊姊和嫂嫂的叫法，恰好是一樣的。伊看見他那一雙彷彿非要把早上的事說個淸楚不可的眼神，輕輕地喟歎起來。他一向是個聽話的孩子，伊想著。而凡有他執意的要求，他從小就不以吵鬧去獲得，卻往往用那一雙堅持的眼神去達到目的，伊沉思著，終於把捲成短棒兒似的報紙給了他。

「在報紙上看見的。」伊幽然地說，「他們，竟回來了。」

他攤開報紙。在社會版上，李國木看見已經用紅筆框起來的，豆腐塊大小的消息：有四名「叛亂犯」經過三十多年的監禁，因爲「悛悔有據」，獲得假釋，已於昨日分別由有關單位交各地警察局送回本籍。

「哦。」他說。

「那個黃貞柏，是你大哥最好的朋友。」

老大嫂哽咽起來了。李國木再細讀了一遍那一則消息。黃貞柏被送回桃鎮，和八十好幾的他的瞎了雙眼的母親，相擁而哭。「那是悔恨的淚水，也是新生的、喜悅的淚水。」報上說。

李國木忽然覺得輕鬆起來。原來，他想著，嫂嫂是從這個叫做黃貞柏的終身犯，想起了大哥而哭的罷。也或許爲了那些原以爲必然瘐死於荒陬的孤島上的監獄裡的人，竟得以生還，而激動地哭了的罷。

「那眞好。」他笑了起來，「過一段時間，我應該去拜訪這位大哥的好朋友。」

「啊？」

「請他說說我那大哥唉！」他愉快地說。

「不好。」老大嫂說。

「哦，」他說，「爲什麼？」

伊無語地望著窗外。不知什麼時候下起霏霏的細雨了的窗外，有一個生鏽的鐵架，掛著老大嫂心愛的幾盆蘭花。

「不好，」伊說，「不好的。」

可是就從那天起，李國木一家不由得觀察到這位老大嫂的變化：伊變得沉默些，甚至於有些憂悒了，伊逐漸地吃得甚少，而直到半個月後，伊就臥病不起，整個的人，彷佛在忽然間老衰了。那時候，李國木和他的妻子月香，每天下班回來，就背負著伊開車到處去看病。拿回來的藥，有人勸，伊就一把一把馴順地和水呑下去；沒人勸著，就把藥原封不動地擱在床頭的小几上頭。而伊的人，卻日復一日地縮萎。

「……啊，譬如說過分的憂愁、忿怒啦……」李國木又想起那看來彷佛在極力掩飾著內心的倨傲的陳醫師的話。他解開領帶，任意地丟在病床邊，月香和他輪番在這兒過夜的長椅上。

——可是，叫我如何當著那些醫生、那些護士，講出那天早晨的事，講出大哥、黃貞柏這些事？

他坐在病床左首的一隻咖啡色的椅子上，苦惱地想著。

這時房門卻呀然地開了。一個懷著身孕的護士來取病人的溫度和血壓。病人睜開眼睛，順服地含住體溫計，並且讓護士量著血壓。李國木站了起來，讓護士有更大的空間工作。

「多謝。」

護士離開的時候，他說。

他又坐到椅子上，伸手去抓著病人的嶙峋得很的、枯乾的手。

「睡了一下嗎？」他笑著說。

「去上班罷，」伊軟弱地說，「陪著我……這沒用的人，正事都免做了嗎？」

「不要緊的。」他說。

「做了夢了。」伊忽然說。

「哦。」

「台車の道の夢を、見たんだよ。」伊用日本話說，「夢見了那條台車道呢。」

「嗯。」他笑了起來，想起故鄉鶯鎮早時的那條蜿蜒的台車道，從山坳的煤礦坑開始，沿著曲折的山腰，通過那著名的鶯石下面，通向火車站旁的礦場。而他的家，就在過了鶯石的山坳裡，一幢孤單的「土角厝」。

「嫁到你們家，我可是一個人，踩著台車道上的枕木，找到了你家的喲。」伊說。

在李國木的內心不由得「啊！」地驚叫了起來。他筆直地凝視著病床上初度五十虛歲的婦人。這一個多月來，伊的整個人，簡直就像縮了水一般地乾扁下去。現在伊側身而臥，面向著他。他爲伊拉起壓在右臂下的點滴管子，看著伊那青蒼的、滿臉皺皮的、細瘦的臉上，滲出細細的汗珠來。

「那時候，你一個人坐在門檻上，發呆似的……」伊說，疲倦地笑著。

這是伊常說，而且百說不厭的往事了。恰好是三十年前的一九五三年，一個多風的、乾燥的、初夏的早上，少女的蔡千惠拎著一隻小包袱，從桃鎮獨自坐一站火車，來到鶯鎮。「一出火車站，敢問路嗎？」伊常常在回憶時這樣對凝神諦聽的李國木說，「有誰敢告訴你，家中有人被抓去槍斃的人的家，該怎麼走？」伊於是歎氣了，也於是總要說起那慘白色的日子。「那時候，在我們桃鎮，朋友們總是要不約而同地每天在街上逛著。」伊總是說，「遠遠地望見了誰誰，就知道他依然無恙。要你一連幾天，不見誰誰，就又斷定他一定是被抓了去了。」

就是在那些荒蕪的日子裡，坐在門檻上的少年的李國木，看見伊遠遠地踩著台車道的枕木，走了過來。台車道的兩旁，儘是蒼鬱的相思樹林。一種黑色的、在兩片尾翅上印著兩個鮮藍色圖印的蝴蝶，在林間穿梭般地飛舞著。他猶還記得，少女蔡千惠一邊踩著台車軌道上的枕木，一邊又不時抬起頭來，望著他家這一幢孤單的土角厝，望著一樣孤單地坐在冰涼的木檻上的、少年的他的樣子。他們就這樣沉默地，毫不忌避地相互凝望著。一大羣白頭在相思樹林的這裡和那裡聒噪著，間或有下坡的台車，拖著「嗡嗡——格登、格登！嗡嗡——格登、格登！」的車聲，由遠而漸近，又由近而漸遠了。他，少年的，病弱的李國木，就是那樣目不轉睛地看著伊跳開台車道，撿著一條長滿了野蘆葦和牛遁草的小道，向他走來。

「請問，李乞食……先生，他，住這兒嗎？」伊說。

他是永遠都不會忘記的啊。他記得，他就是那麼樣無所謂好奇、無所謂羞怯地，抬著頭望著伊。他看見伊睜著一雙微腫的、陌生的目光。有那麼一段片刻，他沒有說話。然後他只輕輕地點了點頭。他感到飢餓時慣有的懶散。可就在他向著伊點過頭的一刻，他看見伊的單薄的嘴角，逐漸地泛起了訴說著無限的親愛的笑意，而從那微腫的、單眼皮的、深情地凝視著他的伊的眼睛裡，卻同時安靜地淌下晶瑩的淚珠。野斑鳩在相思樹林裡不遠的地方「咕、咕、咕——咕！」地叫著。原不知跑到山中的那裡去自己覓食的他家的小土狗，這時忽然從厝後狠狠地吠叫著走來，一邊卻使勁地搖著牠的土黃色的尾色。

「呸！不要叫！」他嗔怒地說。

當他再回過頭去望伊，伊正含著笑意用包袱上打的結上拉出來的布角揩著眼淚。

這時候，屋裡便傳來母親的聲音。

「阿木，那是誰呀？」

他默默地領著伊走進黝暗的屋子裡。他的母親躺在床上。煎著草藥的苦味，正從廚房裡傳來，瀰漫著這個屋子。他的母親吃力地撐起了上半個身子，說：「這是誰？阿木，你帶來這個人，是誰？」

少女蔡千惠靜靜地坐在床沿。伊說：

「我是國坤……他的妻子。」

在當時，少小的李國木雖然清晰地聽見了伊的話，卻並不十分理解那些話的意義。然而，僵默了一會，他忽然聽見他的母親開始嗚嗚地哭泣起來。「我兒，我心肝的兒喂……」他的母親把聲音抑的低低地，唱頌也似地哭著說。他向窗外望去，才知道天竟在不知不覺間暗下了大半邊。遠遠有沉滯的雷聲傳來。黃色的小土狗正敏捷地追撲著幾隻綠色的蚱蜢。

一年多以前，在鶯鎮近郊的一家焦炭廠工作的他的大哥李國坤，連同幾個工人，在大白天裡抓了去了。一直到上兩個月，在礦場上當台車伕的他的父親，才帶著一紙通知，到臺北領回一綑用細草繩打好包的舊衣服、一雙破舊的球鞋和一隻鏽壞了筆尖的鋼筆。就那夜，他的母親也這樣地哭著：

「我兒，我心肝的兒喂——」

「小聲點兒——」他的父親說。蟋蟀在這淺山的夜裡，囂鬧地競唱了起來。

「我兒喂——我——心肝的兒啊，我的兒……」

他的母親用手去摀著自己的嘴，鼻涕、口水和眼淚從她的指縫裡漏著往下滴在那張陳舊的床上。

「嫂，」他清了清在回想中哽塞起來了的喉嚨，「嫂！」

「嗯。」

這時病房的門謹慎地開了。月香帶著水果和一個菜盒走了進來。

「嫂，給你帶點鱸魚湯……」月香說。

「那時候，我坐在門檻上。」他說，「那模樣，你還記得嗎？」

「一個小男孩，坐在那兒。」老大嫂，閉起眼睛，在他多皺的臉上，泛起淡淡的笑意。「太瘦小了點。」伊說。

「嗯。」

「可是，我最記得那天晚上的情景。」

老大嫂說，忽然睜開了眼睛。伊的眼光越過了李國木的右肩，彷彿瞭望著某一個遠方的定點。

「阿爸說，怎麼從來沒聽阿坤說起？」伊說，「我說，我……」

「你說，你的家人反對。」他笑著說。這些故事，從年輕時一直到四十剛過，也不知聽了老嫂子一次又一次地說了多少次。

「我說，我厝裡的人不贊成。」伊說，「我和阿坤約束好了的。如今他人不在，你要收留我，我說。」

月香從廚房裡出來，把鱸魚裝在一個大瓷碗裡，端在手上。

「待一會涼些，吃一點鱸魚，嫂。」伊說。

「眞麻煩你啃。」老大嫂說。

「阿母死後，那個家，眞虧了有你。」李國木沉思著說，「鱸魚湯裡，叫月香給你下一點麵罷。」

「不了。」伊緩緩地闔上眼睛，「你阿爸說了，這個家，窮得這個樣，你要吃苦的啊。看你也不是個會做（工）的人。阿爸這樣說呢。」

他想起那時的阿爸，中等身材，長年的重勞動鍛鍊了他一身結實肌骨。天一亮，他把一個大便當繫在腰帶上，穿上用輪胎外皮做成的、類如今之涼鞋的鞋子，徒步到山墺裡的「興南煤礦」去上工。一天有幾次，阿爸會打從家門口這一段下坡路，放著他的台車，颼颼地奔馳而去。自從大嫂來了以後，阿爸開始用他的並不言語的方式，深深地疼愛著伊。每天傍晚，阿爸總是一身烏黑的煤炭屑，偶然拎著幾塊豆腐干、鹹魚之類，回到家裡來。

「阿爸，回來了。」

每天傍晚，聽見小黃狗興奮的叫聲，大嫂總是放下手邊的工作，一邊擦手，一邊迎到厝口，這樣說。

「嗯。」阿爸說。

打好了洗澡水，伊把疊好的乾淨衣服送到阿爸跟前，說：

「阿爸，洗澡。」

「哦。」阿爸說。

吃了晚飯，伊會新泡一壺番石榴茶，端到阿爸坐著的長椅條傍。

「阿爸，喝茶。」伊說。

「嗯。」阿爸說。

那時候啊，他想著螢火蟲兒一羣羣地飛在相思樹下的草叢上所構成一片瑩瑩的悅人的圖畫。而滿山四處，都響著夜蟲錯落而悅耳的歌聲。

現在月香正坐在病床邊，用一隻精細的湯匙一口口地給老大嫂餵鱸魚。

「還好吃嗎？」月香細聲說。

老大嫂沒有做聲。伊只是一口又一口馴順地吃著月香餵過來的鱸魚，並且，十分用心地咀嚼著。

這使他驀然地想起了他的母親。

自從他大哥出了事故，尤其是他的父親從臺北帶回來大哥國坤的遺物之後，原本羸弱的他的母親，就狠狠地咯了幾次血，從此就不能起來。大嫂來家的那個初夏，乞食嬸竟也好了一陣。但一入了秋天，當野蘆葦在台車軌道的兩邊開起黃白色的、綿綿的花，乞食嫂的病，就顯得不支了。就那時，大嫂就像眼前的月香一樣，一匙一匙地餵著他的母親。不同的是，老大嫂躺在這特等病房裡，而他的母親卻躺在那陰暗、潮溼、瀰漫著從一隻大尿桶裡散發出來的尿味的房間。此外，病重後的他的母親乞食嬸，也變了性情。伊變得易怒而躁悒。他還記得，有這樣的一次，當大嫂餵下半匙稀飯，他的母親突然任意地吐了出來，弄髒了被窩和床角。「這樣的命苦啊，別再讓我吃了罷，」伊無淚地嚎哭了起來，「死了罷，讓我，死——了罷……」伊然後「我兒，我的兒，我心肝的兒唷——」地，呻吟著似地哭著大哥，把大嫂也弄得滿臉是淚水。

然而，他的母親竟也不曾拖過那個秋天，葬到鶯鎮的公墓牛埔山去。

「阿木，該去牛埔山看一回了。」老大嫂忽然說。

「哦。」

他吃驚地抬起頭來，望著伊。月香正細心地爲伊揩去嘴邊的湯水。算算也快清明了。在往年的清明，大嫂、他和月香，總是要乘火車回到鶯鎮去，到牛埔山頭去祭掃他阿爸和阿母的墳墓。直到大前年，才正式爲大哥立了墓碑。而大嫂爲他大哥的墓園種下的一對柏樹，竟也開始生根長葉了。

「高雄事件以後，人已經不再忌怕政治犯了。」

老大嫂說，就這樣地決定了在爲他父親撿骨立塚的同時，也爲他大哥李國坤立了墓碑。

「整整吃了一碗鱸魚咧。」月香高興地說。

「今年，我不陪你們去了。」伊幽幽地說。

伊仰臥著，窗外逐漸因著陰霾而暗淡了下來。

「嫂，如果想睡，就睡一下吧。」月香說。

他不自覺地摸了摸口袋裡的菸，卻立刻又把手抽了回來。他的老大嫂子，從來不曾像月香一般，老是怨幽幽地埋怨他戒不掉菸。但是，在病房裡，他已有好幾次強自打消摸菸出來抽的念頭了。出去抽罷，又嫌麻煩。他沉默著，想起牛埔山滿山卑賤而又頑固地怒生著的雜草和新舊墳墓的聚落。從土地祠邊的一條小路上走去，小饅頭似的小山的山腰，有一小片露出紅土的新墳。立好墓碑，年老的工人說：

「來，牲禮拿過來拜一拜。」

他和月香從大嫂手中各分到三支香，三人併立在新塚前禮拜著。然而，在那時的他的心中，卻想著墓中埋著的、經大嫂細心保存了二十多年的，大哥遺留下來的一包衣物和一雙球鞋。他把拜過的香交給月香，插在墓前的香插子裡。大嫂和月香開始在一旁燒著一大堆銀紙。他忽然想起家中最近經大嫂拿去放大的大哥的相片：修剪得毫不精細的、五十年代的西裝頭，在臺灣的不知什麼地方的天空下，堅毅地瞭望著遠處的，大哥的略長的臉，似乎充滿著對於他的未來的無窮無盡的信心。這個曾經活過的青年的身體，究竟在那裡呢？他想著。上大學的時候，偶然聽起朋友說那些被槍斃的人們的屍首，帶著爆裂開來的石榴似的傷口，都沉默地浮漂在醫學院的福馬林槽裡，他就曾像現在一樣，想到大哥的身體不知在那裡的這個惘然的疑問。

那時候，大嫂毋寧是以一種欣慰的眼神，凝視著那荒山上的新的黑石墓碑罷。

「生於一九二八年三月十七日

殁於一九五二年九月

李公國坤府君之墓

子孫立」

老大嫂說，人雖然早在五〇年不見了，但阿爸去領回大哥的遺物，卻是在五二年九月，記不得確切的日期了。他問道：「爲什麼不用民間的干支表示年月？」「你大哥是新派的人啊！」老大嫂說。至於大哥的子孫，大嫂說，「你的孩子，就是他的孩子。」他還記得，那時月香不自覺地低下了頭。自從翠玉出生之後，他們就一直等著一個男孩，卻總是遲遲不來。

「倒也眞快，」老工人站在他大哥的新塚邊，一邊抽著一截短到燙手的香菸，一邊說，「二十好幾年囉，阿坤……」

「嗯。」老大嫂說。

老工人王番，是他爸爸的朋友。鶯鎭的煤炭業，因爲石油逐漸地成了主要的能源而衰退時，他和他的父親是第一批失了業的工人。李國木的老父，先是在鎭裡搞土水工，之後就到臺北當建築零工去了。而阿番伯卻把向來只當副業的修墓工，開始當做正業做了起來。剛上大學的那年冬天，李國木他阿爸從臺北鬧市邊的一個鷹架上摔下來死了，就是阿番伯修的墓。他還記得，那時候，在一邊看著一鏟鏟的泥土鏟下墓穴，在他阿爸單薄的棺木上發出鈍重的打擊聲，站在他身邊的阿番伯用他自己的骯髒的手，拭著流在面頰上的淚，低聲說：「×你娘，叫你跟我做修墓，不聽嘛，偏是一個人，跑臺北去做工……×！」

以爲睡著了他的老嫂子，這時睜開了眼睛。

「翠玉仔呢？」伊說，微笑著。

「還沒下課。」月香說，看看自己的腕錶。「晚上，我帶伊來看你。」

「你們這個家，到了現在，我是放了心了。」大嫂說。

「嗯。」他說。

「辛辛苦苦，要你讀書，你也讀成了。」伊說。

他苦笑了。

小學畢業那年，他的爸爸和阿番伯要爲他在煤礦裡安排一個洗煤工人的位置。大嫂不肯。

「阿爸，」伊說，「阿木能讀，讓他讀罷。」

然而，老阿爸就是執意不肯讓他繼續上學。大嫂於是終日在洗菜、煮飯、洗衣的時候，甚至在礦場上同老阿爸一塊喫便當的時候，總是默默地流淚。有一回，在晚飯的桌子上，阿爸嘆著氣說：

「總也要看我們有沒有力量。」

「……」

「做工人，就要認命，」阿爸生氣似的說，「坤仔他……錯就錯在讓他讀師範。」

「……」

「說什麼讀師範，不花錢。」阿爸在沉思中搖著頭。

「阿坤說過，讓阿木讀更多、更好的書。」伊說。

他看見阿爸放下了碗筷，抬起他蒼老的面孔。鬍子渣兒黑黑地爬滿了他整個下巴。

「他，什麼時候說的？」阿爸問。

「在……桃鎮的時候。」

長久以來，對於李國木，桃鎮是一個神秘而又哀傷的名字。他的大哥，其實是在一件桃鎮的大逮捕案件的牽連下，在鶯鎮和桃鎮交界的河邊被捕的。少年的時候，他不止一次地去過那河邊，卻只見一片白色的溪石，從遠處一路連接下來。河床上一片茫茫的野蘆葦在風中搖動。

「都那麼多年了，你還是信他。」阿爸無力地說，摸索著點上一根香菸。

「我信他。」伊說，「才尋到這家來的。」

大嫂默默地收拾著碗筷。在四十燭的昏黃的燈光下，他仍然鮮明地記得：大嫂的淚水便那樣靜靜地滑下伊的於當時仍爲堅實的面頰。

老阿爸沒再說話，答應了他去考中學。他一試就中，考取了臺北省立C中學。

「我來你們家，是爲了喫苦的。」

伊說。室內的暖氣在伊消瘦的臉上，塗上了淡淡的紅暈。伊把蓋到頸口的被子往伊的胸口拉著，說：

「我來你們家……」

月香爲伊把被子拉好。

「我來你們家，是爲了喫苦的。」老大嫂說：「現在我們的生活好了這麼多……」

他和月香靜靜地聽著——卻無法理解伊的本意。

「這樣，我們這樣子的生活，妥當嗎？」

老病人憂愁地說，在伊的乾澀的眼中，逐漸泛起淚意。

「嫂。」

他伸出手去探伊的前額，沒有發燒的感覺。

「嫂。」他說。

病人安靜地閉下了眼睛。月香坐了一會，躡著手腳去廚房裡端出了另一小碗鱸魚。

「剩下一點，你吃下去好嗎？」伊和順地說。

他接過魚湯，就在床邊喫著，細心著不弄出聲音來。也許是開始糊塗起來了罷，他思索著大嫂方才的無從索解的話，這樣地在想著。窗外下著細密的雨，使他無端地感到某一種綿綿的哀傷。

「楊教授！」在廚房洗碗的月香輕聲叫了起來。

瘦高的楊教授，和王醫師一塊推了門走進來。

「飲食的情況呢？」楊教授拿起掛在病床前的有關病人飯食和排泄的記錄，獨語似地說。

「還算不錯的。」王醫師恭謹地說。

「睡眠呢？」楊教授說，看著沉睡中的病人。「睡了。」

「是的。」月香說，「剛剛才睡去的。」

「嗯。」楊教授說。

「楊教授。」李國木說。

「對了。」楊教授的眼睛透過他的黑色的玳瑁眼鏡，筆直地望著他。「想起來沒？關於伊發病前後的情況。」

他於是一下子想起那個叫做黃貞柏的，剛剛被釋放出來的終身犯帶給老大嫂的衝擊。

「沒有。」他望著老大嫂安詳的睡臉，沮喪地、放棄什麼似地說，「沒有。想不起來什麼特別的事。」

「哦。」楊教授說。

他跟著楊教授走到門邊，懇切地問他大嫂的病因。楊教授打開病房的門。走廊的冷風向著他撲面吹了過來。

「還不清楚，」楊教授皺著眉頭說，「我只覺得，病人對自己已經絲毫沒有了再活下去的意志。」

「啊！」他說。

「我說不清楚。」楊大夫說，一臉的困惑，「我工作了將近二十年了，很少見過像那樣完全失去生的意念的病人。」

他望著楊醫師走進隔壁的病房，看見他的一頭灰色的鬈髮，在廊下的風中神經質地抖動著。

「不。」他失神地對自己說，「不會的。」

他回到他的老大嫂的床邊，看見月香坐在方才自己坐著的椅子上，向病人微笑著，一邊把手伸進被裡，握住被裡的伊的枯乾卻是暖和的手。

「睡了沒？」月香和藹地說。

「沒有。」大嫂說。

想著在楊教授來過都不知道、方才的老大嫂的睡容，月香笑了起來。

「睡了，嫂，」月香說，「睡得不長久，睡是睡了的。」

「沒有。」病人說，「淨在作夢。」

「喝水嗎？」月香說，「給你弄一杯果汁罷。」

「あの長い台車の道。」老嫂子呢喃著說：「那一條長長的台車道。」

月香回頭望了望竚立在床邊專注地凝望著病人的李國木，站了起來。

「讓你坐。」

月香說著，就到廚房裡去準備一杯鮮果汁。他於是又坐在病人的床邊了。「很少見過像伊那樣完全失去生的意念的人。」楊教授的話在他的耳邊縈繞著。

「嫂。」他輕喚著說。

「嗯。」

「僕もな、よくその台車道を夢見るのよ。」他用日本話說，「我呀，也常夢見那一條台車道呢。」

「……」

「難以忘懷啊，」他說，凝視著伊的蒼黃的側臉。「那年，嫂，你開始上工，和阿爸一塊兒推煤車……」

「哦。」伊微笑了起來。

「這些，我不見得在夜裡夢見。但即使在白日，我也會失神似地回憶著一幕幕那時的光景。」他用日本話說，「嫂，就爲了那條台車道，不值得你爲了活下去而戰鬥嗎？」

伊徐徐地回過頭來，凝望著他。一小滴眼淚掛在伊的略有笑意的眼角上。然後伊又閉上了眼睛。

窗外愈爲陰暗了。雨依然切切地下個不停。現在，他想起從礦山蜿蜒著鶯石山，然後通向車站的煤礦起運場的、那一條細長的、陳舊的、時常叫那些台車動輒脫軌拋錨的台車道來。大嫂「進門」以後的第三年罷，伊便在煤礦裡補上了一個推煤車工人的缺。「別的女人家可以做的，爲什麼我就不能？」當他的爸對於她出去做工表示反對的時候，大嫂這麼說。那時，小學五年級的他，常常看見大嫂和別的女煤車工一樣，在胳臂、小腿上裹著護臂和護腿，頭戴著斗笠，在炎熱的太陽下，喫力地同另一個女工把滿載的一台煤車，一步步地推上上坡的台車站。汗，溼透了伊們的衣服。學校裡沒課的時候，幼小的他，最愛跟著大嫂出煤車。上坡的時候，他跳下來幫著推；平坦的地方，他大嫂會下來推一段車，又跳上車來，利用車子的慣性，讓車子滑走一程，而他總是留在車上享受放車之樂。下坡的時候，他和大嫂都留在車上，大嫂一邊跟他說話，一邊把著煞車，注意拐彎時不致衝出軌道……

夏天裡，每當車子在那一大段彎曲的下坡道上滑走，「吼——吼——」的車聲，總要逗出夾道的、密濃的相思樹林中的蟬聲來，或者使原有的蟬聲，更加的喧嘩。在車聲和蟬聲中，車子在半山腰上一塊巨大無比的鶯石下的台車道上滑行著。而他總是要想起那古老的傳說：鄭成功帶著他的部將在鶯石層下紮營時，總是發現每天有大量的士兵失蹤。後來，便知道了山上有巨大妖物的鶯哥，夜夜出來呑噬士兵。鄭成功一怒，用火炮打下那怪物鶯哥的頭來。鶯哥一時化爲巨石。從那以後，它就不再騷擾軍民了。每次台車打鶯石底下過，少小的他，仍然不免想像著突然從鶯石吐出一陣迷霧來，吞吃了他和大嫂去。

運煤的台車的終站，是設在鶯鎮火車站後面的起煤場。由幾家煤礦共同使用的這起煤場，是一塊寬闊的空地。凡是成交後要運往中南部的煤，便由各自之台車運到這廣場中各自的棧間，堆積起深黑色的煤堆，等候著裝上載貨的火車，運到目的地去。

有好幾回，他跟著大嫂和另外的女工，把煤車推上高高的棧道，然後把煤倒在成山的煤堆上。從高高的台車棧道上往下看，他看見許多窮苦人家的孩子，在以舊枕木圍起來的棧間外，用小畚箕和小掃把掃集倒煤車時漏到棧外的煤屑。而大嫂總是要乘著監工不注意的時候，故意把大把大把的煤渣往外播，讓窮孩子們掃回去燒火。

「同樣是窮人，」大嫂說，「就要互相幫助。」

在放回煤礦的空台車上，大嫂忽然柔聲地、唱誦著似地說——

「故鄉人，勞動者……住破厝，壞門窗……三頓飯，蕃薯簽。每頓菜，豆鼬鹽……」

他轉回頭來，奇異地看著伊。太陽在柑仔園那一邊緩緩地往下沉落。大半個鶯鎮的天空，都染成了金紅的顏色。風從相思樹林間吹來，迎來急速下坡的台車，使伊的頭髮在風中昂揚地飄動著。

「嫂，你在唱什麼呀？」他笑著說。

那時候他的大嫂，急速地吐了吐舌頭。他抬著頭仰望他大嫂。伊的雙頰因爲竟日的勞動而泛著粉紅，伊的眼中發散著並不常見的、興奮的光芒。

「沒有哇，」伊朗笑了起來，「不能唱，不可以唱哦。現在。」

「爲什麼？」

大嫂沒說話。在一個急轉彎中，伊一面把身體熟練地傾向和彎度相對反的方向，維持著急行中的台車的平衡，一邊操縱著煞車，煞車發出尖銳的「唧……唧」的聲音。遠處有野斑鳩相互唱和的聲音傳來。

「你大哥教了我的。」

滑過急彎，伊忽然平靜地說。一團黑色的東西，在相思林中柔嫩的枝條上優美而敏捷地飛竄著。

「嫂，你看！」他興奮的叫喊著，「你看，松鼠！松鼠唉！」

「你大哥教了我的。」大嫂說，直直地凝望著台車前去的路，眼中散發著溫柔的光亮，「這是三十多年前的三字歌仔，叫做『三字集』。你大哥說，」大嫂子說，「在日本時代，臺灣的工人運動家用它來教育工人和農人，反對日本，你大哥說的。」

「哦。」他似懂非懂地說。

「你大哥，他，在那年，正在著手改寫這原來的『三字集』。有些情況和日本時代有一點不同了，你大哥說。」伊獨語似地說，「後來，風聲緊了，你大哥他把稿子拿來託我收藏。風聲鬆了，我會回來拿，你大哥說……」

「……」

台車逐漸放慢了速度。過了滴仔，是一段從平坦向輕微上坡轉移的一段台車路。大嫂子跳下車，開始輕輕地推車子，他則依舊留在台車上，落入與他的年齡極不相稱的沉默裡。

後來呢？後來，我大哥呢？那時候的少小的他，有好幾次想開口問伊，卻終於只把疑問吞嚥了下去。甚至於到了現在，坐在沉睡著的伊的病床前，他還是想對於有關大哥的事，問個清楚。長年以來，儘管隨著年齡和教育的增長，他對於他的大哥死於刑場的意義，有一個概括的理解。但愈是這樣，他也愈渴想著要究明關乎大哥的一切。然則，幾十年來，大哥一直是阿爸、大嫂和他的渴念、恐懼和禁忌，彷彿成了全家——甚至全社會的不堪觸撫的痛傷……而這隱隱的痛傷，在不知不覺中，經過大嫂爲了貧困、殘破的家庭的無我的獻身，形成了一股巨大的力量，驅迫著李國木「迴避政治」、「努力上進」。使一個原是赤貧、破落的家庭的孩子的他，終於讀完了大學。經過幾年實習性的工作，他終於能在七年多以前，取得會計師的資格，在臺北市的東區租下了雖然不大，卻裝潢齊整而高雅的辦公室，獨自經營殷實的會計師事務所。他帶著大嫂，遷離故鄉的鶯鎭住到臺北高等住宅區的公寓，也便是在那一年。

三個多月以後，李國木的大嫂，終於在醫學所無法解釋的緩慢的衰竭中死去。把老大嫂的屍體送到殯儀館的當天晚上，他獨自一人在伊的房間裡整理伊的遺物，卻在一個收置若干簡單的飾物的漆盒中，發現了一個厚厚的信封。信封上有伊娟好的字寫成的：「黃貞柏先生」。他不知不覺地打開不曾封口的信封，開始讀著大嫂用一種與他在大學中學會的日語不同的、典雅的日文寫成的信。

拜啓

我是蔡千惠。那個被您非常溫藹、眞誠地照顧過的千惠。

您還記得罷？在很久很久以前的一個夜晚，在桃鎭炭頂的一個小村莊，您第一次拉著我的手。您對我說，爲了廣泛的勤勞者眞實的幸福，每天賭著生命的危險，所以決定暫時擱置我們兩家提出的訂婚之議。我的心情，務必請您能夠了解啊，這樣子說著的，在無數熠熠的星光下的您的側臉，我至今都無法忘懷。

那夜以後的半年之後，您終於讓我見到了您平時一再尊敬和熱情的口氣提起的李國坤桑。

事情已經過去了三十年多。所以，在前日的報紙上看見您安然地釋放回到故里的現在，不論在道德上和感情上，我都應該說出來。那時候，你叫我稱呼國坤桑爲「國坤大哥」，我卻感到一種惆悵的幸福的感覺。「好女孩子呢，貞柏。」記得當時國坤大哥爽朗地笑著，這樣子對您說。然後，他用他那一對濃眉下的清澈的眼睛，親切地看著早已漲紅了臉的我，說，「嫁給貞柏這種只是一心要爲別人的幸福去死的傢伙做老婆，可是很苦的事。」和國坤大哥分手後，我們挑著一條曲曲彎彎的山路往桃鎭走。在山路上，您講了很多的話：講您和國坤大哥一起在做的工作；講您們的理想；講著我們中國的幸福和光明的遠景。「喂，千惠，今天怎麼不愛說話了？」記得您這樣問了我嗎？「因爲想著您的那些難懂的話的緣故。」我說著，就不爭氣地掉下了眼淚。

當然，您是不曾注意到的。在那一條山路上，貞柏桑，我整個的心都裝滿著國坤大哥的影子……他的親切和溫暖、他朗朗的笑聲、他堅毅而勇敢的濃黑的眉毛，和他那正直、熱切的眼光。因爲事情已經過去；因爲是三十年後的現在；因爲您和國坤大哥都是光明和正直的男子，我以渡過了五十多年的歲月的初老的女子的心，回想著在那一截山路上的少女的自己，清楚地知道，那是如何愁悒的少女的戀愛著的心（切ない乙女の戀心）！

可是，貞柏桑，倘若時光能夠回轉，而歷史能重新敍寫，我還是和當初一樣，一百個願意做您的妻子。事實上，即使是靜靜地傾聽著您高談闊論，走完那一截小小而又彎曲的山路，我堅決地知道，我要做一個能叫您信賴，能爲您和國坤大哥那樣的人，喫盡人間的苦難而不稍悔的妻子。

然而運命的風暴，終於無情地襲來。由於我已回到臺南去讀書，您們被逮捕檢束的事，我要遲到十月間才知道。我的二兄漢廷也被抓走了。我的父母親爲此幾乎崩潰了。但其後不久，我終於發現到……我的父親和母親的悲忿，來自於看見了整個逮捕在當時的桃鎭白茫茫地開展，而曾經在中國大陸體驗過恐怖的他們，竟而暗地裡向他們接洽漢廷自首的條件。而漢廷，我那不中用的二兄，一連有幾個深夜，同他們出去，直到薄明方回。他瞞住了他的好友，他的同志的您和國坤大哥，卻仍然不免於逮捕。

貞柏桑，請您無論如何抑制您必有的震駭和忿怒，繼續讀完這封由一個卑鄙的背叛者（裏切者）的妹妹寫的信。

半年後，蒼白而衰弱的漢廷回來了。他一貫有多麼的疼愛我，您是知道的。熬不過良心的呵責時，醉酒的我的二兄漢廷，陸陸續續地向他妹妹說出了一場牽連廣闊的逮捕。

爲了使那麼多像您、像國坤大哥那樣勇敢、無私而正直、磊落的青年，遭到那麼暗黑的命運，我爲二兄漢廷感到無從排解的，近於絕望的苦痛、羞恥和悲傷。

我必需贖回我們家族的罪愆。貞柏桑，這就是當時經過幾乎毀滅性的心靈的摧折之後的我的信念。

一年多以後，我從報紙上知道了國坤大哥，同時許許多多我從不曾聽您說過的青年（其中有兩個是我記得和您在崁頂見過面的、樸實的青年），一起被槍殺了。我也知道了您受到終身監禁的判決。

我終於決定冒充國坤大哥在外結過婚的女子，投身於他的家，絕不單純地只是基於我那素來不曾向人透露，對於國坤大哥的愛慕之心。

我那樣做，其實是深深地記得您不止一次地告訴我，國坤大哥的家，有多麼貧困。您告訴過我，他有一位一向羸弱的母親，和一個幼小的弟弟，和一個在煤礦場當工人的老父。而您，薄有資產的家族和您的三位兄長，都應該使您沒有後顧的憂慮罷。然而，更使我安心地、坦然地做了決定的，還是您和國坤大哥素常所表現出來的，您們相互間那麼深摯、光明、無私而正直的友情。原以爲這一生再也無法活著見您回來，我說服自己：到國坤大哥家去，付出我能付出的一切生活的、精神的和筋肉的力量，爲了那勇於爲勤勞者的幸福打碎自己的人，而打碎我自己。

貞柏桑：懷著這樣的想像中您對我應有的信賴，我走進了國坤大哥的陰暗、貧窮、破敗的家門。我狠狠地勞動，像苛毒地虐待著別人似地，役使著自己的肉體和精神。我進過礦坑，當過推煤車的工人，當過煤棧間裝運煤塊的工人。每一次心力交瘁的時候，我就想著和國坤大哥同時赴死的人，和像您一樣，被流放到據說是一個寸草不生的離島，去承受永遠沒有終期的苦刑的人們。每次，當我在洗浴時看見自己曾經像花朵一般年輕的身體，在日以繼夜的重勞動中枯萎下去，我就想起早已腐爛成一堆枯骨的，仆倒在馬場町的國坤大哥，和在長期監禁中，爲世人完全遺忘的，兀自一寸寸枯老下去的您們的體魄，而心甘如飴。

幾十年來，爲了您和國坤大哥的緣故，在我心中最深、最深的底層，秘藏著一個您們時常夢想過的夢。白日失神時，光只是想著您們夢中的旗幟，在鎭上的天空裡飄揚，就禁不住使我熱淚滿眶，分不清是悲哀還是高興。對於政治，我是不十分懂得的。但是，也爲了您們的緣故，我始終沒有放棄讀報的習慣。近年來，我戴著老花眼鏡，讀著中國大陸的一些變化，不時有女人家的疑惑和擔心。不爲別的，我只關心：如果大陸的革命墮落了，國坤大哥的赴死，和您的長久的囚錮，會不會終於成爲比死、比半生囚禁更爲殘酷的徒然……

兩天前，忽然間知道您竟平安地回來了。貞柏桑，我是多麼的高興！三十多年的羈囚，也眞辛苦了您了。在您不在的三十年中，人們兀自嫁娶、宴樂，把您和其他在荒遠的孤島上煎熬的人們，完全遺忘了。這樣地想著，才忽然發現隨著國木的立業與成家，我們的生活有了巨大的改善。早在十七年前，我們已搬離了台車道邊那間土角厝。七年前，我們遷到臺北。而我，受到國木一家敬謹的孝順，過著舒適、悠閒的生活。

貞柏桑：這樣的一想，我竟也有七、八年間，完全遺忘了您和國坤大哥。我對於不知不覺間深深地墮落了的自己，感到五體震顫的驚愕。

就這幾天，我突然對於國木一寸寸建立起來的房子、地毯、冷暖氣、沙發、彩色電視、音響和汽車，感到刺心的羞恥。那不是我不斷地教育和督促國木「避開政治」、「力求出世」的忠實的結果嗎？自苦、折磨自己、不敢輕死以贖回我的可恥的家族的罪愆的我的初心，在最後的七年中，竟完全地被我遺忘了。

我感到絕望性的、廢然的心懷。長時間以來，自以爲棄絕了自己的家人，刻意自苦，去爲他人而活的一生，到了在黃泉之下的一日，能討得您和國坤大哥的讚賞。有時候，我甚至幻想著穿著白衣，戴著紅花的自己，站在您和國坤大哥中間，彷彿要一道去接受像神明一般的勤勞者的褒賞。

如今，您的出獄，驚醒了我，被資本主義商品馴化、飼養了的、家畜般的我自己，突然因爲您的出獄，而驚恐地回想那艱苦、卻充滿著生命的森林。然則驚醒的一刻，卻同時感到自己已經油盡燈滅了。

暌別了漫長的三十年，回去的故里，諒必也有天翻地覆的變化罷。對於曾經爲了「人應有的活法而鬥爭」的您，出獄，恐怕也是另一場艱難崎嶇的開端罷。只是，面對著廣泛的、完全「家畜化」了的世界，您的鬥爭，怕是要比往時更爲艱苦罷？我這樣地爲您憂愁著。

請硬朗地戰鬥去罷。

至於我，這失敗的一生，也該有個結束。但是，如果您還願意，請您一生都不要忘記，當年在那一截曲曲彎彎的山路上的少女。謹致

黃貞柏樣

千惠上

他把厚厚的一疊用著流暢而娟好的沾水筆寫好的信，重又收入信封，流著滿臉、滿頸的眼淚。

「國木！怎麼樣了？」

端著一碗冰凍過的蓮子湯，走進老大嫂的房裡的月香，驚異地叫著。

「沒什麼。」他沉著地掏出手絹，擦拭著眼淚。

「沒什麼。」他說：「我，想念，大嫂……」

他哽咽起來。一抬頭，他看見放大了的相片中的大哥，晴朗的天空下，在不知是臺灣的什麼地方，瞭望著遠方……

一九八三年七月十四日

——一九八三年八月《文季》三期

趙南棟

1　葉春美

一九八四年九月七日

昨日上午七時二十分，心絞痛再次發作，呼吸急促，顏面及指端一度輕微發紺。突發性劇痛由前腦輻向左肩、左臂，終於昏厥。

醫學檢查呈：心搏96/min；血壓110/72mmHg。心音規律。無明顯雜音。左肺底部有不確定之溼性囉音。

心電圖呈現V_1至V_3明顯Q波；V_3至V_5R波降低。導程I、aVL以及V_1至V_6之S-T節段升高；T波倒置，疑心室前壁心肌梗塞。

……

吃過中飯，葉春美從石碇鄉搭公路局到臺北市，再轉搭一趟公車，來到東區的J醫院。抬起腕錶，差幾分鐘就是兩點。汗水把她的襯衫黏在她發了福的、五十三歲的背上。比起石碇仔，臺北市可是眞熱啊。她想。

憑著上個禮拜來探望過的記憶，她從西棟的電梯上了十樓，穿過護理台，找到一○○二病房。醫院的中央系統冷氣，使她流汗的身體，感到分外涼爽。

她輕輕地推開這頭等病房的門。那位矮小的、山地籍特別護士靜悄悄站了起來，對著她微笑。在逆光的她的臉上，山地人民特別鮮明的、雙眼皮的、澄澈的眼睛，漾著安靜卻是逼人的光采。

葉春美無聲地笑著。可是當她那急忙搜索的眼光停在病人的面容上，她的笑意立刻轉變成一臉的錯愕。

「噢！」她噤聲驚喊起來了。

她看見趙慶雲的臉，竟然整個兒陰翳下來了。她想起才上個星期，趙慶雲還能在病床上談笑，堅持著要削一隻蘋果給她。

「什麼時候，變成這樣的？」她沉默了一會，囁聲說。

「昨天上午。」

「噢！」她憂愁地說。

老護理了。她那專業的眼睛知道：趙慶雲的病況，已經危篤得很了。他看來整整削瘦了一圈。臉色在陰翳中透著屍黃，使他的白髮越是顯得乾枯而且穢亂了。他的鼻腔裝著氧氣管子。在高而蓬鬆的枕頭前，他的脖子極不舒適地拗折成四十五度，沉重地呼吸著。趙慶雲竟而已經落入那無邊的昏迷裡了嗎？她想著：爲了不使痰塊堵住昏迷病人的氣管，才會讓病人這樣屈拗著脖子睡……

葉春美把兩包今年石碇比賽入了圍的春茶，擱在病床旁的茶几上，在床邊的椅子上坐了下來。

「哦，好嘛。你倒是拿一點來我泡泡看。我是福建人。茶，我是從小就知道一點的。」

上禮拜來的時候，說到她家裡在石碇鄉種茶、焙茶，趙慶雲就笑著這樣說。

沒想到認眞叫二兄準備了兩包今年入選的春茶，趙慶雲卻兩臂和右腿上都揷上了點滴管子，不省人事。

「醫生，」她望著於今她又記起來叫做邱玉梅的特別護士說，「醫生，他怎麼說？」

「昏迷。」

護士邱玉梅翻著她那清澄得發青的，美麗而鮮明的眼睛，肅穆地說。葉春美望著沉沉于昏迷之中的趙慶雲，沉默起來了。

「趙先生好親切。」邱玉梅靜靜地說。

「哦。」葉春美說。

「沒看過那麼會忍耐痛苦的人。」邱玉梅說，「明明就是，痛得滿頭的汗珠子，對待人，卻總是笑著，說，謝謝，辛苦，謝謝……」

「他兒子，來嗎？」

「嗯。每天。有時上午，有時下午。」邱玉梅看著自己的腕錶，「下午來的時候多啦。四點、五點、七點……不一定呢。」

葉春美看見腕錶上的時間是兩點四十五分。她說，「小兒子呢？」

現在邱玉梅用她那清澄的大眼望著她了。

「來的總是那個趙先生。」

「噢……」葉春美說。

她默然了。她們都安靜地看著病床上沉重、卻也還不失均勻地喘息著的病人，在靜默的病房中，傾聽著冷氣和鼻息之聲。

這回，無論如何，一定要問問小芭樂的消息。葉春美這樣想著。

一九七五年七月，有史以來頭一次大批特赦減刑了政治犯。葉春美也從那個機關裡回到石碇的老家。十九歲上被保密局帶走，回來時她已經是四十四歲的中年婦女了。在報紙上，葉春美知道宋大姊的丈夫，被判決終生監禁的趙慶雲，也回了家。

「怎麼也放心不下呢。你是多半能活著出去的。記住喲，大稻埕林內科。平平在他那兒。這小芭樂也一定在那兒吧。拜託。」

在南所的時候。宋大姊一邊乳著小芭樂，一邊私語似地說。每次宋大姊這樣說，那時才二十不足的葉春美，總是忍不住巴嗒巴嗒地掉淚。

她於是低下頭，用力搖著，說：

「宋大姊，不要說，不要……」

就那年春天，一個清寒的早上，押房的門鎖，忽然卡啦啦地響了。鐵門呀然地打開。

「宋蓉萱，開庭吧。」

麻子班長說。在門外，葉春美看見多了一個潮州人王班長。在打開的門扇遮住的地方，細看還有一、兩個人影。葉春美的心立刻緊縮了起來。她感到一陣狂亂的悸動和眩暈。她忽然記起宋大姊提起過，開門叫人的時候，凡是門外另有班長、憲兵時，總是來帶人槍決的。何況昨天晚上，監獄官還特地帶著一本藍皮的名簿，來點過名。點完名，全房的人竟夜在沉默中嘀咕，可怎麼地沒想著就是宋大姊……

「讓我梳梳頭，好吧？」

宋大姊沉靜地說，臉色逐漸泛成凝脂似地蒼白。她默默地對著一堵沒有鏡子的牆壁，梳理著在三十八歲上未免早白了些的，她的不失油光的長髮。整個押房和門外的甬道，都落入某一種較諸死亡猶爲寂然的沉靜。麻子班長和王班長眈眈地凝視著宋大姊梳過頭髮，看著她跪在牆角上的自己的舖位，替沉睡中的小芭樂拉上小被。

「趙太太，把芭樂子抱去，開過庭再抱回來。待會兒醒來要媽媽，我們誰也別想哄住他。」

在新竹一個中學教書的許月雲老師脫口說。多麼機智的試探！葉春美開始背過臉去，向著牆壁流淚了。如果班長答應了，宋大姊就肯定是眞開庭的……

「不用！」麻子班長以怒目斥責許老師，然後一改而以柔聲說：「一會兒就回來。」

葉春美在模糊的淚眼中，看見宋大姊給她一個母親最鄭重誠摯的、託付的一瞥，走出了押房。在死一般的寂靜中，甬道上傳來迫不及待的、上銬的金屬聲音。

當押房的門沉重地關上，葉春美全身無法自抑地顫抖起來。她始則流淚、飲泣，而終於怎麼也不能不抱著自己舖上的，用舊衣包紮起來的枕頭，緊緊地咬著，吞下自己那掙扎著要從生命的最內裡沖潰而出的慟哭。

一隻手輕輕地擱在葉春美的背上，溫柔地揑撫著。

「勇敢些。」

許月雲老師用日本話，悄悄地這麼說。

這時候，遠遠地從樓下男監傳來激亢的政治口號聲。接著一陣毆打著肉體、鈍重的聲音，使口號驀然斷絕。

墳墓一般的沉默啊。葉春美抬起頭來，望著依舊漆黑的、窗外的凌晨的天空。忽然也是從樓下男監傳來了從緊繃的喉嚨唱出來的〈赤旗〉。然後又一陣怒罵和毆打的聲音，猝然打斷了才開始不及三句的日語歌辭。葉春美想起不曾嘶喊，靜靜地走出押房的宋大姊，在那生命至大的沉默的一瞥裡，向她極清楚不過地留下了她的這樣遺言：

——春美，小芭樂子的事，無論如何，就拜託你了……

宋蓉萱是在臺北C中學的教員宿舍，和丈夫趙慶雲一塊被捕的。那是一九五〇年的春天，宿舍區裡的幾棟老榕才開始新添嫩綠的葉芽。

「他們來的時候，小芭樂還懷在肚子裡。四個多月吧，才。老大平平，還傻乎乎地跟在我們後頭，想跟我們一道上吉甫車哪。這兒有錢，肚子餓，買東西吃。回去吧，平平。他爸爸這樣說。把口袋裡的錢全掏給了平寶。吉甫車，就那麼著，把我們開走了嘛！」

在女監裡，宋大姊最愛講這一段，葉春美想著。可也好幾回，宋大姊一邊說，一邊笑呀，眼角上的淚，卻兀自簌簌地打她結實的臉頰上掛下來。

小芭樂有個名字，叫趙南棟，是宋大姊紀念孩子生在當時叫做「南所」的看守所押房，起的名字。又因爲嬰兒長得小而且分外的結實，像個臺灣野番石榴，女監裡的臺灣姊妹，便「芭樂仔、芭樂仔」地叫順了口。

一個高瘦的護士進來換點滴筒子了。邱玉梅上去幫忙著。九月的陽光，極其明亮地打在病房的極爲潔淨的窗玻璃上。看來，外頭是個大熱天吧，可是病房裡的冷氣，反而使這一窗明晃晃的陽光，顯得奇異地虛幻。葉春美凝望著病床上趙慶雲的臉。他看來彷彿以無比的專注、深深地沉睡著，像是一個跋涉了千萬里旅途而未曾有過片刻憩息的旅人，終於放心任意的躺下來休息了似的。

葉春美想起了七八年秋天，終於尋到趙慶雲的家，初見趙慶雲的印象。

即便是在那個時候，趙慶雲也已經是個六十多歲的老人了。但和現在彌留在床上的他相形之餘，乍爲初見當時的，宋大姊口中的「老趙」，是多麼朗硬，充滿著一股極爲審愼的，對於自己的餘年的某種信心。

「等那一天，你出去，見到他，就給他這張照片。我們老趙呀，小心得很。沒有這張照片，就怕他能客客氣氣地，硬是不認你。」

有一回，在女監的押房中，宋大姊這樣笑著說，把懷裡的一張照片塞給了葉春美。「不能怪他。從我們年輕的時候起始，老趙吃了多少虧。不怪他怕呀。」宋大姊嘆息似地說。

那是一張泛黃的，四吋大的照片。照片上面縱橫的皺褶，訴說了它曾經怎樣在動亂和摧折的歲月中歷經的坎坷。照片上是一個方臉的青年，戴著一副舊時代的圓框眼鏡。他的頭髮不遜地往後梳著。他那厚厚的嘴唇，緊緊地、認眞得有些叫人發噱地抿著。身上是一襲厚厚的棉袍。光線從右上方打下來，使他左半邊的臉，全打上一層陰影，讓他那向著鏡頭逼視的雙眼，顯得特別地精神。

一九七八年去看過去聽慣宋大姊嘴裡「老趙、老趙」地說起、卻從不曾謀面的趙慶雲以前，葉春美每天有好幾回，在石碇家裡寬敞的她的房間裡，掏出這皺摺的小照，仔細端詳。「至少，見了面，讓心裡有個感應：就是他，宋大姊她的老趙……」葉春美這麼想。

然而等待見了面，葉春美卻只能在趙慶雲那滿頭的白髮，因爲雙頰下陷而使整個的臉龐顯得拉長了的，佈滿了皺紋的他的臉上，勉強看見殘留在照片中趙慶雲少年的，極爲牽強，卻又眞實不訛的影子，認出了他。

那時候，她記得，是一個四十模樣的男人出來打開這公寓第九層右側的鏤花的銅門。

「有一位趙慶雲先生吧？」她說。

「葉阿姨吧？」男子笑出一排整齊的牙齒。她走進玄關，一眼就看見一套沉重的、栗色的沙發，擺在寬敞的客廳裡。於今想來，它們就像五隻栗色的、毛皮乾淨而又珍貴的，不知名的巨獸，靜靜地踞臥著似的。從一個貝殼鑲成的、巨大的燈罩裡，溫靄的燈光，讓客廳裡的一切，打上一層橄欖的淺黃顏色。

在這溫馨、舒適的客廳裡，葉春美和趙慶雲，以及理當是宋大姊口中的老大「平平」，坐成一個很適合說話的三角。但是怎麼也不聽使喚的葉春美的眼淚，卻不時漣漣地掉著，讓她沒法兒說話。

「眞是對不起……」

葉春美一邊擦著淚，一邊說。她怎麼也不曾想到過，自己會在這完全陌生的環境；這完全初見的人的跟前，這樣流著、流著眼淚，而毫無辦法。

兩個男人安靜地等待著葉春美的心情平靜下來。葉春美把眼鏡摘下，在皮包裡掏出了一面深黃色的鏡布，低著頭仔細地擦著眼鏡片子。這時候，一個女佣人端上三杯咖啡和一小碟西點。咖啡的、現代的清香，立刻在客廳裡瀰漫起來了。

葉春美把眼鏡重又戴上，用疊好的手絹細心地揩拭著她那發紅的鼻子。現在她從手皮包裡找出一張從宋大姊手上接過，在她的懷裡擺了近三十年的照片，交給了趙慶雲。

「哦。」她還記得，接了照片的老趙，先是一陣訝然，繼則仔細端詳著那陳舊的、四吋大的、自已四十多年前的面影時，嘆息似地，這樣說。她看見了他那骨節很大的手，輕輕地顫動起來。她一抬頭，驀然看見老趙的眼眶，含蓄著那老去的、艱澀的淚光。

「宋大姊給了我的。」葉春美以哭過之後的、濃重的鼻音說，「總算交還給了你。」

她的眼眶、鼻子都紅腫著，但已沒有了傷懷。趙慶雲的長子爾平，不知道在什麼時候，悄悄地退出了客廳。她和老趙二人，於是乎沉默起來了。

「蓉萱，她，說了些什麼嗎？」

把照片慎重地放在皮夾裡，他終於這樣說。葉春美想起了宋大姊走出押房之後，再也不曾回來過的那個凌晨。不，她什麼也沒有說。她想著。她還記得很清晰，宋大姊怎樣地在廝子班長的眈視中，沉默地面著沒有鏡子的，囚房的牆壁，梳理長髮……

「沒有。」葉春美注視著看來忽而有些呆滯的老趙的臉，低聲說，「沒有呢。」

宋大姊只是安靜地走出押房罷了，她想。但那沉默，哦，五○年代初葉，臺北青島東路口軍事監獄裡的，世紀的沉默啊，不是喧囂地述說了千萬册書所不能盡載的、最激盪的歷史、最熾烈的夢想、最苛烈的青春，和狂飆般的生與死嗎？

「宋大姊臨走，最惦記的，是小芭樂吧。」她說。

「……」

「我盤算，小芭樂，都二十八歲的人了。」葉春美笑了起來，眼中閃亮著某一種母親似的溫柔，「成親了吧？上大學沒？」

那時刻，趙慶雲孤單地笑了。他說老二趙南棟五專畢了業，正在南部學生意。

「噢。」葉春美，「哪天他回來，打電話給我，我要看看他。」

可一直到現在，葉春美一直還不曾見過老趙的這個孩子。就上星期，她來這病房看他，滿以爲老二一定會在病床邊陪侍著吧，卻意外地讓她失望了。

「他，昨天才走的。」

那時候，老大趙爾平笑著說。他從盥洗室間端出不知什麼時候他竟削好的水梨，擺在葉春美旁邊的茶几上。

「這麼不湊巧啊。」她寂寞地說。

她仔細端詳老趙，看他精神好著，便絮絮地說起宋大姊。

葉春美於是對病房裡的爺兒倆說，宋大姊在那一段最難挨的，被人拷問的時候，因爲一心想著肚子裡的嬰兒，常常忘記了肉體的痛苦。

「他們說我受過專門訓練，問不出口供。在地上，他們踢我，踹我。我把身體蜷起來呢，兩手死命地護著肚子，只擔心他們踢壞了我的孩子。他們踹我的頭，我的腿，我的背……哦，可只要不踢著我的肚子，我似乎竟不覺得痛了……」

記得那是一個冬天的晚上，在看守所的女監裡，大家爭著要抱那時才過三個多月的小芭樂，一邊談起母性的愚愛時，宋大姊這樣說。

被拔去指甲的時候，惦記著要用胸腔而不是用腹肌哀叫；被拴著拇指吊起來的時候，儘力收著下腹……十幾天，幾套拷問下來，因爲使了太多的體力和精神去抵擋痛楚，去衞護懷中的、將生的嬰兒，「一天下來，往往都癱瘓成一堆溼泥似的，坐都無法坐直……」宋大姊說。

葉春美還記得，由兩個女班長攙扶著送到她的押房來時的宋大姊，兩條大腿都赭紅、腫脹。用細銅絲綑成的帚鞭，不極用力的抽打囚人的大腿。第二天，雙腿竟發炎腫脹。拷問的時候，審訊的人用手在炎腫的大腿上捏、打，「眼淚、小便，全痛出來了。」葉春美說。

宋大姊懷孕的身形，立刻引起押房每一個姊妹的關心。

「春美，你是護士，拜託哦……」

那時還在押房生著病的許月雲老師，用日本話這麼說。望了望圍繞在她身邊的女犯們，勉強擠出一絲衰竭的笑容的宋大姊，囁嚅地說：「眞對不起……」，就昏睡了過去。葉春美摸向她的額頭，宋大姊正發著高燒。

連著幾天，宋大姊的燒，就是退不下來。宋大姊總是醒醒睡睡。許月雲和葉春美，整晚上輪流爲她在額頭上敷冷面巾。

「知道拷問終於停止了，覺得剩下來的發燒、身上的傷和痛，比較起來，都算不得什麼了。但是，那樣睡睡醒醒的吧，我卻一直掛著，要喝水呀，要吃東西呀。懷裡的寶寶陪著我那樣被拷問，現在，我這母體，可要快快朗壯起來……」

葉春美記得，宋大姊一邊奶著小孩，一邊回憶著說。三十多年前了。葉春美看著小芭樂含吮著的，白皙的，淡淡地拉著青色的靜脈的，宋大姊的碩實的乳房，忽然感到不知道怎麼去說的溫暖。

眼看著宋大姊的燒怎麼也退不下來的時候，葉春美突然想起了一個主意。她叫房裡的每個人假裝或者壞了肚子、或者牙齦發炎……到醫務室去要一種叫 Diazine 消炎錠劑。葉春美把這些磺胺製劑收集起來，用飯碗壓碎，磨成細粉，然後擠出半條牙膏，當做基劑，調成藥膏，敷在宋大姊大腿炎腫、潰爛的傷口上。

才過三、五天，宋大姊的腿開始消炎、褪腫。燒也隨著一身又一身的冷汗，迅速地退下來了。

「四個多月後，班長來把宋大姊送出去住院生產。全房的姊妹，竟全都希望宋大姊帶回來一女嬰兒。宋大姊偏是產了一個男孩兒回來。」

葉春美說著，在回憶裡歡快地笑了起來。

那天，連送宋大姊和嬰兒回來的江蘇人女班長，臉上都帶著笑意。不曾結婚生子的許月雲老師搶著把嬰兒抱了過去。

「日本人說嬰兒是『赤ん坊』（紅通通的孩兒），真的啊。看他一身都是紅紅的……」

許月雲老師把軟若無骨的、這初生的嬰兒抱在懷裡，詫異地對葉春美說。

「就那天，宋大姊頭一回，仔細地說起了你呢。」就上星期，葉春美在這病房裡這樣對凝神諦聽的趙爾平說。那時候，她想起了那湮遠的、荒蕪的五〇年代，在那天神都無從企及的，一個噤抑的角落裡，日日逡巡於生死之際，卻無比眞切地活著的押房裡的姊妹們。葉春美嘆息了。

「爸爸，他都不說。他，什麼都不肯說。」趙爾平低聲說。

葉春美笑了。「他又不跟我們關在一道。」她說。

「不。他那一部份，也總不說。」

葉春美回頭看著那時的病床上的老趙。趙慶雲卻正對著病房門口，臉上堆著熱心的笑容。

「回來了。你姐姐難得來，爲什麼不多陪著她？」趙慶雲說。

那時候，特別護士邱玉梅的手上，抱著兩條餅乾，推門走進病房來。趙慶雲解釋說，邱玉梅有一個胞姊，打屏東來臺北玩，順便找到醫院來看她。「我這兒有人陪著，你還是伴你姐姐去。」趙慶雲說。

邱玉梅拆開錫箔包裝，讓病房裡的每個人都取了一片發散著濃郁的乳酪香味的餅乾。

「謝謝。」護士邱玉梅的大而深的、山地人獨有的眼睛，閃亮著喜悅，「那我去陪姐姐了……」

病房的門，謹愼地在她的身後關上了。病房中的三人，於是開始安靜地吃著那片帶著乳酪酸味的餅乾。

「我說。我要說。這回病好了，我要說給你聽聽。」趙慶雲注視著手上的，薄薄的餅乾說，「其實，不是我不說。整個世界，全變了。說那些過去的事，有誰聽，有幾個人聽得懂哩？」

「一九五〇年離開的臺北，和一九七五年回來的臺北，是兩個完全不同的臺北。」那時，較之今日遠遠要健朗的老趙，這樣回憶著說。他說甚至他被捕時任教的C中學，也完全改變了面貌。校地擴充了。日據時代留下來的，學校的木頭建築，拆得一棟也不剩，全蓋了水泥大樓。整個臺北市，他還能一眼就認得的，就只剩那紅磚蓋起來的，永遠的總統府，和一九四七年他方才來臺灣就趕上的，「二二八」事變的次日那清冷的早上，他一個人穿過的新公園。他還記得，七五年回家以後，長子爾平用車子載著他繞過新公園時，他特地要兒子把車停在公園正門對面。他看著那也不曾改變容顏的，園內的博物館建築，耳邊卻響起了一九四七年臺北騷動的鼓聲……

上個星期，葉春美頭一次到醫院來探望老趙，便也這樣地談起出獄後跳接到一段完全不同的歷史的苦惱。

「日本人有一個童話故事。說是有一個叫蒲島太郎的漁夫，到海龍宮去了一趟。回來發現自己眉鬢皆白，人事已非。」老趙說。

葉春美笑著，驚異地問他何以也知道日本童話的故事。老趙說，一九三二年，上海「一・二八」事變，二十三歲的趙慶雲，決心修習日語。「那時候，是想要徹底了解強敵日本吧，」他有些羞赧地說，「在日語課本上，讀到蒲島太郎的故事。」

在病床上昏睡著的趙慶雲，忽然因濃痰梗塞，漲紅了原本蠟黃的臉。葉春美和邱玉梅連忙爲他抽痰的時候，她看見老趙的身體在抽痰機吸痰的強震中抽搐著顯然完全沒有了知覺的身體……

是了。葉春美回到坐位上，望著重又安靜而沉重地呼吸著的老趙，這樣回想。就是在抗議「一・二八」日本打上海的學生運動裡，宋大姊認識了老趙的。「那時候，老趙呀，終日皺著個眉頭。『到底，全中國還有什麼地方是個太平地方？』他老是愛這樣說。」有一回，宋大姊也是面向押房裡那片灰色的牆壁，扒梳著她的那一頭溫柔的長髮，一面這樣敍說著她初識老趙的光景。現在，葉春美還記得那堵根本沒有粧鏡的押房的牆壁上，斑斑點點，盡是被打死的，飽食了人血的蚊子的，黑色的漬跡。

應該比趙慶雲還要熟悉日本童話故事的葉春美，卻並不曾想到以「蒲島太郎」來比喻出獄後她自己滄海桑田的感受。葉春美的感想，毋寧是更悲愁的一種吧。那陣子，她怎麼也無法不感覺到，在她長期監禁中，時間、歷史、社會的變化，已經使回到故里的她，在她的故鄉中，成了異國之人……

一九七五年，她回到石碇老家，看見鄉下的故鄉，起了很大的變化。在半山上的街道裡，那幢日治時代留下來的木造的郵局，早已拆除了，改建成一排青灰色的水泥民宅。少女時代的春美，曾經就在那木造的郵局寄出許許多多的信給愼哲大哥。往往是寄出去七、八封，都由愼哲大哥的兄嫂代收，等著在那激盪的時代中四處奔波的他回到八堵的老家，才一封一封讀完她的信，再回她或是很長、或是簡短的信。

「到底寫著些什麼，有那麼多的話說啊！」

有一次，宋大姊一邊爲小芭樂換下尿布，一邊促狹地這樣逼問葉春美。

那時的葉春美，低著頭，摀著嘴笑了起來。這一生裡，葉春美再也沒有像當時那麼用功過……

一個深秋的晚上，一個少女的葉春美並不認識的青年，突然出現在她的，點著油燈的，黝暗的家。

「愼哲桑叫我把這送給你。」他說。

她目送著那連一小杯茶都沒喝完的青年，消失在石碇鄉陡斜的石頭小路上。她打開報紙，是一本由川內唯彥和另外一個於今竟記不起叫做永田什麼的日本學者共譯的、破舊的《辯證唯物論之哲學》。

那是一本極爲難讀的書。她還記得很清楚，她往往把一句話讀上好幾次，卻依然怎麼也不能理解其中的奧義，而苦惱不已。她把她不能理解的；把她以爲理解了，卻毫無自信的部分，寫在長長的信上，寄去給愼哲大哥。但除了書本上的那些，她偶爾也寫野鴨在春天的溪流上遠遠地划游的景致。愼哲大哥回信的時候，有一次，就這樣寫過：

「較乎哲學，你看來是比較傾向於文學吧。能把黃昏的溪畔，寫得那麼樣地安靜，我以爲是不容易的。不過，要當勤勞者的文學家，還是需要哲學的呢……」

「您照料過病人。」

端出一瓶罐裝果汁，邱玉梅這樣說。

「嗯！」葉春美淡淡地說，「小時候，當過幾天護士……」

「噢！」邱玉梅說，「怪不得呢……」

小學畢業那一年，經人介紹，到八堵林內科診所，學當護士。林老醫師沒有生育，收養了兩個孩子，當時讀著中學的愼哲大哥，是林內科的第二個養子。

愼哲哥哥，爲了他明顯地無心學醫，常常挨脾氣暴烈的養父的責罵，但他卻總是低頭不語，不怒也不悲。有一回，也不知爲了什麼，挨了林老醫生的罵之後，愼哲大哥卻若無其事地，把一本日譯本高爾基的《母親》，塞到調劑室的小房間裡給她。直到現在，偶爾想起愼哲大哥裝著一臉糊塗，漫不經心地把《母親》摔進她那小小的調劑室時，葉春美至今偶爾也會覺得眼熱喉塞。愼哲哥哥，爲少女的葉春美喚醒了對於知識和語文之美的飢餓。然而，兩個純潔地相互吸引的少年，終於不能瞞過門戶偏見極重的，白髮的林老醫生的眼睛。

少女的春美被即時辭退了。當她拎著包袱、灑著羞辱和寂寞的眼淚，低著頭走出林診所的時候，葉春美忽然聽見被禁閉在二樓上的愼哲哥哥，放恣地用日本話這樣叫喊著：

「不要被打垮啊！」他大聲地說，「つぶされるなよ——！」

『不要被打垮呀！』從那時起，我就攀死著這句話，再沒有鬆過手。」那時候葉春美對宋大姊說。從八堵回到山鄉石碇，她下田做活、到煤礦場洗煤渣子，最後，葉春美一個人拎著包袱摸到基隆去一家診所當傭人兼護士，愼哲大哥的一封封信，也奇異地，輾轉送到了她的手裡。

「那時啊，離開八堵的林診所，一年多了。」在獄中的葉春美，對輕柔地拍著小芭樂睡覺的宋大姊說，「彼此也沒什麼約束，可就是那樣一直撐下來了。不要叫人打垮了呀。那個人，就只留給人家那麼一句話……」

信上說，愼哲大哥離開了家，經過了一九四七年的動亂。「路過石碇附近，怎麼也沒法打消想去看看你的念頭。」信上用日本語這樣寫，「知道你眞的沒有被打垮，很高興呢……」

其餘的，是一些簡單卻親切的，鼓勵的話。

「哭了吧？」宋大姊嘆息著說。

葉春美咬著下唇，靦腆地點了點頭。她記得那以後，他們通信的次數更多了。有時候，他會託人帶些書籍給她。直到那一年，愼哲大哥突然來到基隆。

「他看來黑了，瘦了。可是改變的並不只是他的模樣。在他的眼中，我覺得，彷彿燃燒著某種熠人的，我所不曾識得的火光……」葉春美說，「本以爲在二二八事變中不見了的祖國啊，又被我們找到了。愼哲大哥這樣對我說。」

然而，一年之後，她終於還是不曾讀完那本對她而言是極爲生澀的《辯證唯物論之哲學》。勉強讀完頭一章的培根，第二章的霍布斯才開始讀了一半，愼哲大哥就被捕了。半年後，他的家屬到臺北領回已經腐敗多時的愼哲大哥的屍體。隔月，整個基隆市落入森森的恐怖。有一天，葉春美在大街上知道基隆K中學的金校長被捕的消息，沒有回診所辭行的葉春美，立刻搭車回到石碇的山村，卻在那天的半夜，在自己的家裡被逮捕了。而她那惜乎一直未能讀懂的《辯證唯物論之哲學》，也跟著被搜走了。一直到今天，葉春美時常還記得那本書的霉朽破損的封面。

「那本書，現在到那裡去了呢？」幾十年來，這樣的疑問，不時會湧上葉春美的心頭。

哦哦！這樣的事，這樣的人，這樣的時代，於現在的社會，怕是比任何奇怪的古譚還要不可思議；還要無從置信吧。七五年回到山村石碇之後，每次走過那往時明明有過一座日本式木造郵局的小街，葉春美總會覺得像是被誰惡戲地欺瞞了似地，感到怏然。在她不在的二十五個寒暑中，叫整個石碇山村改了樣，像是一個邪惡的魔術師，把人們生命所繫的一條路、一片樹、一整條小街仔頭完全改變了面貌，卻在人面前裝出一副毫不在乎、若無其事的樣子。

「你演過戲吧？」

上星期來，趙慶雲忽然笑著這樣問葉春美。

「演戲？」

「舞台劇。臺灣，好像不興舞台劇是吧？」他說，「我們當學生的時候，爲了抗日，常常演戲。」

「……」

「全國抗戰，各種條件都很困難。舞台的條件，尤其簡單。前台和後台，只隔著一些布幔或者其他簡單的東西。」趙慶雲說，「後台的工作人員，常常不小心就走到正在演戲的前台去……」

趙慶雲說，有一回，在後台工作的他，不知不覺走上正在盛演的前台。台下是黑鴉鴉的觀衆。「好在那一場戲，台上的角兒很多，熱鬧得很。」他回憶說。那時他只好默默地站在一個角落上，若無其事地站著，一句話也不說。

「主要是，整台戲裡，沒有我這個角兒，我也沒有半句辭兒，你懂嗎？」他說，「關了將近三十年，回到社會上來，我想起那一台戲。眞像呢。這個社會，早已沒有我們這個角色，沒有我們的台辭，叫我說些什麼哩？」

那時候，三個人於是不覺又沉默起來了。擴音器在這寂寥的整棟病房裡，不知第幾回了，呼叫著一位姓湯的醫生。

「湯大夫。眞是個忙人，」趙慶雲忽然對葉春美說，「我的主治大夫呢，他是。兩天了吧？也沒見他來看過我。總是張大夫代他來……」

「可是，我還是以爲，爸應當講出來。」

趙爾平安靜地說。

「……」

「不講，我們都陌生了。」

「……」

「我們，和你們，就像是兩個世界裡的人。我們的世界，說它不是眞的吧？可那些歲月，那些人……怎麼叫人忘得了？說你們的世界是假的吧，可天天看見的，全是鬧鬧熱熱的生活。」葉春美說，「在那些日子裡，懷著夢死去的人，像是你媽吧……反倒沒什麼問題。活著的人，像是老趙，像是我吧，心心念念，想了幾十年，就是想活著回來，和親人生活在一起。」

「……」

「我不是說了嗎？回來了，好。可是你找不到你的角色，你懂吧。整齣戲裡，沒有你的辭兒，哈！」

那時候，趙慶雲倚在病床的枕頭上面，抓著他那一頭短而且硬的白髮，這樣說。葉春美記得，當時他看來開始有些疲倦了。整個兒臉，也有些闇淡了。「老趙，你累了，躺下來歇歇。」葉春美說。趙慶雲愉快地呻吟著，平躺了下來。他望著天花板，然後幽幽地說：

「爾平。方才我還在盤算。說吧。怎麼跟你說呢？如果現在我還在押房裡，你進來陪我坐著，我大概還可以一樣樣說給你聽。」他說，「我出來了。這些年，我仔細看，也仔細想過，那個時代，過去了。怎麼說，沒人懂的。」

「……」

「我只能這麼說。九一八那一年，你媽十六歲吧。隔年，是一•二八，再隔三年，一•二九。」他依舊凝望著病房裡的雪白的天花板，低聲說：「那是日本人年年進逼的歷史啊。我們生活在那個歷史裡吧，滿腦子，只知道搞抗日，搞愛國主義。我們這一輩，一生的核心，就只有這。」

趙慶雲微微地閉起眼睛。現在想起來，葉春美可以感覺到他對自己的話挺不滿意吧，因爲他曉得，這樣說，爾平是不會懂得的。老趙初識宋蓉萱，正是中國全面抗戰的前夕。老趙說過他隱約覺得宋大姊參與運動的歷史和經驗，比長了她六歲的自己長久、而且豐富。勝利的前一年，春天才過，在福建長樂幹新聞工作的年輕的趙慶雲，有一天，一個工友拿著一張名片上樓來，說是有客人在報館的會客室求見。趙慶雲離開了自己的座位，就這樣被人帶走了，從此就沒再回報社去，卻不知道宋蓉萱早他一天也在福州城被捕了。「那時候，爾平才滿月不久。」趙慶雲說。「在號子裡頭蹲了足足三百天，才知道人家懷疑你在抗日活動中的組織關係。不明不白，後來也放人了。」

那時候，葉春美發了瘋似地想著他這頭生的嬰兒。宋大姊說過的。葉春美想。窗外的天空，灰白卻也亮麗。葉春美抬起腕錶，都快五點了，爾平還沒有來。她想起趙爾平一身整齊的西裝領帶。

葉春美想起那一年宋大姊被送到醫院生產，抱著小芭樂回來的那天，許月雲老師抱著新生的嬰兒，宋大姊卻因格外思念當時才六歲大，托人養育的長男爾平，整個晚上，不住地流著淚。

全房的人，這才知道了宋大姊還有個小孩在外頭。

「怎麼不把他帶進來，和我們住？這兒准許女號帶孩子的。」許月雲老師著急地說。

「我和老趙，命都不保。不能讓孩子因爲我們的生、死，送進來，又送出去……」宋大姊紅著眼圈，這樣說。

宋大姊說過，老趙一家在一九四六年末來臺灣，在一家報館工作，認識了一個熱心要認識中國文學的，在當時的臺北大稻埕開林兒科醫院的林榮醫師。四七年三月，二十一師登陸基隆，鎭靖民衆蜂起，趙慶雲把多少牽涉到「處理委員會」的林醫師全家，帶到現時臺北市廈門街寬敞的報社宿舍裡庇護。

「不料這一點友情，竟然使林榮悄悄地把平兒帶回去養大，」上星期來時，談起這件事，趙慶雲側身睡在病床上，看著明淨的病房的窗子，獨語一般地說，「後來蓉萱死了，他們在臺灣找不到任何人來帶孩子。這回他們主動把孩子給林榮抱過去了。」

病房的門，呀然地開了。進來了三個醫生，兩個護士。帶頭的醫生，頭髮有些灰白，卻梳理得很整齊素淨。另外一個年輕的醫生把老趙的病歷檔案呈了上去。

「是林大夫嗎？」葉春美站起來，禮貌地說。

「……」

「他的情形……」

那頭髮灰白的醫生，溫和地笑了笑。

「我們和你們，都盡了力了。」他說。

護士老到地爲病人取血壓和脈搏，計量從導尿管流出來的尿液的質量。然後他們都安靜地站在老趙的病床旁邊，祈禱也似地，沉默地站著。他們然後又靜悄悄地離開了病房。

「他是楊大夫。」邱玉梅爲老趙拉好被單，靜靜地說。

「哦。」

「看來，趙先生也沒有什麼痛苦了。」

「嗯。」葉春美說，「趙先生，我是說他的孩子，今天，來嗎？」

邱玉梅抬起手來，看著腕錶。

「他每天都來。」她說，「只是，有些時候，來得晚些。」

「他的小兒子，來過嗎？」葉春美說。

「他，還有一個孩子嗎？」

邱玉梅詫異地問。

「噢。」葉春美說著，輕輕地歎息了。

葉春美想起宋大姊被帶走的那天，小芭樂睡得特別香甜，一直安靜地睡到快中午才醒。尤其奇怪的是，當時葉春美最擔心嬰兒醒來啼哭。她駭怕她會整個崩潰。可是那一天的小芭樂，卻只是那麼安靜地醒來，瞪著充分睡眠後的，特別澄清的眼睛。全押房的姊妹都圍在小芭樂小小的被褥邊，有人忙著替嬰兒換尿布，葉春美則忙著打報告，要求爲一向吃母奶的小芭樂申購奶粉，再要求准許她代替宋大姊擔起母親的責任。那一夜，她把自己的鋪位移到宋大姊的位置上，整夜看著又復酣睡的小南棟，小芭樂子，流了一夜的眼淚。

就這樣，小芭樂安安靜靜地過了三、四天，從來也不哭、不鬧。尿溼了，小芭樂也只哭一下，就安靜下來了。直到有一天，小芭樂跟過去他親娘在的時候一樣，漲紅著小臉，扯開嗓子大哭。這一哭，把押房裡的姊妹們的淚，全逗出來了。葉春美緊緊地抱著嬰兒，一邊搖著慟哭的小芭樂子，一邊在押房裡來回地走，淚如雨下。

「他，哭了。」葉春美獨語一般地說，「哭呀，沒人叫你不哭呀……這幾天，你，都不哭，找媽……媽，我們，反而，擔心……」

幾個同房的姊妹，坐在自己的鋪蓋上拭淚。許月雲老師擱下她手上的書本，望著葉春美懷中的嬰兒，微微地笑著，眼圈泛著紅溼。

從那以後，小芭樂開始會笑，也會使勁地讓同房姊妹們抱來抱去，在他胖胖的臉頰上，又親又捏。

兩個多禮拜之後，有一天下午，押房的沉重的鐵門打開，門外是痲子班長和那留著直直的頭髮，從來不施脂粉的江蘇女班長。

「把孩子抱出來。」麻子班長說。

押房裡鴉雀無聲。

「我們已經找到人，養這個孩子。」江蘇女班長和氣地，這樣說。

許月雲老師把正在她的懷中的小芭樂緊緊地抱著，臉色青蒼。

「你們要把他，送給誰？」她說。

「咦，管得著嗎？你！」

麻子班長用那一串大鑰匙，怒目逼人地指著許月雲老師，這樣子說。他那肥厚的嘴唇，因怒氣而往外掛著。江蘇女班長沒有脫鞋，踩著乾淨的地板，沉默地走進押房，從許月雲老師的懷裡抱起嬰兒。小芭樂開始激烈地哭了起來。

押房的門重重地關上了。一陣沉重的上鎖聲之後，葉春美聽見小芭樂那原應足以安慰天下父母心的、非常健朗的哭聲，在監房外的甬道上，漸去而漸遠了。

在葉春美的記憶中，只有這一次，向來持重、堅定的許月雲老師她哭了。她用雙手摀著臉，始則泫泣，繼而失聲。

「人殺し！」她喃喃地用日本話說，「殺人者……殺人者！」

啊，許月雲老師！對於她如何牽涉到當時的臺大醫學院案件，即使在押房裡，也一貫守口如瓶的許月雲老師，在葉春美的回想中，只有在南所的時候，眼見蔡孝乾的招供不斷地造成一批又一批新的逮捕時，曾經近於歇斯底里地，在押房裡這樣哭喊過：

「人殺し！」

葉春美凝視著病床上的，沉重地呼喘著大氣的趙慶雲。她忽然想，如果人終須一死，是經過這樣的昏迷的過程才死好呢，還是像宋大姊她們那樣，在刑場上，在一瞬間死去好呢？

恰恰是小芭樂被抱走的，第二天的清晨。一陣急促而刺耳的開鎖聲，驚醒了全押房的姐妹們。

「許月雲……」

麻子班長說著，把叼在嘴角上的香菸摘下來，丟在地上，用他的布鞋狠狠地踩著。

許月雲老師安靜地背對著押房的房門，換上一套乾淨的洋裝外套，疊好被舖，站著跟大家說：

「請多保重。」

她然後走出了押房。樓下的男監，傳來聽不眞切的，怒鳴的口號聲。忽然間，從甬道上傳來了她的安穩的歌聲——

人民の旗
あかはたは
戰士の屍つつむ
東雲のあけぬ間に
戰いは　はやおきぬ
……

人民的旗幟
紅色的旗幟
包裹著戰士的屍體
東雲未曉

戰鬥早已開始

……

許月雲老師是那年十一月份走了的。次年初春，葉春美那個案子決審。五個人死刑。她被判終身監禁。

「趙先生，是還有一個么兒子。」

看著護士邱玉梅專心地打著毛衣，葉春美忽然這樣說。

「哦。」

「從來沒來看過趙先生的嗎？」

「沒。」

「……」

「沒聽見趙先生提過。也沒聽他們父子倆談起過。」

「噢。」葉春美說，「這個么兒子，小時候，我抱過呢。」

「嗯。」邱玉梅和善地笑著說。

「還有，好多阿姨，都抱過他……」

葉春美細語一般地說。邱玉梅體貼地從趙慶雲床邊的茶几上，拿了幾張衛生紙，遞給了葉春美。

「三十幾年，沒看過那孩子了。」

葉春美用衛生紙輕壓著她那欲淚的眼眶，笑著說。

「哦哦。」

終身刑確定之後，押房的姊妹十分爲她高興。「總算由你開了個例，我們房，從此不要每次發下來都是死刑了。」一個姓姚的姊妹這樣說。可是葉春美發愁：只以一小步躲過死刑的她，終身監禁，雖然活著，卻怎麼無法爲宋大姊去看顧小芭樂了。後來她被派往軍事監獄附屬工廠車衣服。一年半之後，她被送到東部的一個小島上，編入「女生大隊」。一九六〇初，她和全部女政治犯被送回本島的板橋。這一路上，葉春美不時打報告問小芭樂的消息，卻總是以她和嬰兒無直系親屬關係，拒絕她所提出與嬰兒的養家通信等等的要求。送到板橋後，她被指派醫務室司藥和護理的工作。在她懇切的要求下，她終於獲准和當時尚在東部外島的老趙通了一次信。

老趙的來信告訴她，那時趙南棟已經叫十歲，滿九歲。他的哥哥趙爾平已經十六歲。他們都在已經從臺北搬到花蓮去了的林榮醫院。「民國五十一年，你刑滿釋放，爾平十八歲，南棟已十二歲矣。」趙慶雲的來信這樣說，「蓉萱已托孤，尚祈出獄之後，時加探視督責……」葉春美回信，告訴趙慶雲她和他一樣，是終身監禁。兩個禮拜後，老趙從小島上寫來的回信，只有寥寥數行。他向她致歉，說男生隊上普遍謠傳葉春美只判十二年。她從來信的簡短，體會到他的悲哀。這以後，葉春美再寫信，政戰室就退還給她。「按照規定，非直系親屬不得通信」，退回來的信上，這樣批著一小行腥紅的字。下面是刻著「毋忘在莒」的藍色的圖章。

一九六五年四月間，政戰室請她去個別談話。某個偵訊單位想調用她去當醫務室的司藥。「不是我們利誘，調到那邊，辦減刑的機會不能說一定有吧，但蹲在這兒，可是絕對沒有那機會的。」上校劉保防官用一口濃重的東北口音這樣說。葉春美想起小芭樂。不管他多大了，宋大姊既然吩咐，如果能看看他……她想著。

一個星期後，葉春美被調離板橋，主持一個對她來說是十分現代化的調劑室。她睡在調劑室隔壁的，被一些醫療器材和尚未開箱的藥品佔去半間的套房裡。一旦有案子進來，不論白天、半夜，有班長拿醫生的處方單來，她就得配藥：強心劑、各種心臟血管疾病的藥劑、抗高血壓劑、消炎、消腫劑、止血劑、抗瘀血劑、鎮靜劑……她想起在南所的日子。對待被拷問者的醫療品質，比起五〇年初，眞是不可同日而語了。她常這樣感慨。

葉春美看著手錶。快五點半了。然而病室窗外的陽光，卻依舊亮晃耀眼。她站了起來，走近老趙的病床，看見他的眼角掛著一抹紅黃色的分泌物。插著餵食的導管的嘴角上，因爲在昏迷中磨咬，乾枯的嘴唇上淌著細細的血水。她隨手抽出茶几上的雪白衞生紙，細心地爲老趙把眼角和嘴角擦乾淨。

「我得走了。」葉春美說。

「哦。」邱玉梅親切地站了起來。

「我給你留電話。」葉春美說，「萬一……請快打個電話告訴我。」

「噢。」

「我住得遠。」葉春美說。

「我知道。」

葉春美又站了一會。她忽然想起下次來，一定要問趙爾平宋大姊的骨殖擺在那裡。

「對了，一定要去拜一拜……」

葉春美這樣想著，安靜地離開了趙慶雲的病房。

2 趙爾平

一九八四年九月十一日

意識持續昏迷，繼續嗜睡狀態。

檢查顯示心搏84/min；心律偶見不規則跳動，屬束枝傳導阻滯現象。血壓104/68mmHg；呼吸26/min病況穩定，治療持續進行。

目前鼻管供氧，21/min；動脈血氧氣分壓42mmHg；二氧化碳分壓54mmHg。

心電圖ST節段漸呈平緩；I&Q保持平衡狀態。

腦部X光呈現蝴蝶狀陰影，有明顯肺葉裂線，疑爲心肌梗塞併發輕微水腫。

繼續保持心電監視器。

Dopamin微滴及利尿劑投與……

趙爾平一走進病房，就迫不及待地端詳著父親趙慶雲的臉色。這兩天多，一直都沒有來探望，但見父親的臉上又淸瘦了許多；頭髮顯得更爲枯索而且穢亂。病人的臉上，繃著一張在日光燈下發著微亮的，單薄如膜的，幾乎完全失去血色的面皮。眼眶明顯地下陷，並且籠罩著一圈淡淡的陰翳。塞著氧氣管的鼻孔、咬著餵食導管的嘴角，都滲著淡淡的、無言的血水。

也不過才三天，怎麼竟而就變成這個模樣呢？趙爾平這樣想著，感到一陣無以說明的痛楚。這些天裡，雖然不能來，可是幾乎每天都打電話來問過邱玉梅。「醫生說，還沒有很大變化……算是平穩的……」邱玉梅差不多總是這樣說。

父親七五年被釋放回家，七七年開始有心絞痛的毛病。嗣後就隔幾個月發作一次。兩個月前，發作次數增加了，到J醫院看病，門診建議住院做檢查和治療。父親住院之後，將近一個月來，情況都算好的，而他幾乎可以說沒有一天不曾來探望的。人都說，以他工作責任的沉重，工作量的繁多，這樣照料父親的病，於現代社會的現代人，是難得的孝行。現在，他坐在父親彌留的病床前，忽然感到一種極爲熟稔的孤單。從小被寄養在林榮阿叔家，就知道自己的母親以在這個社會上無法說出口的方式死去；而自己的父親，則被囚羈在臺灣東部的一個遙遠的小島上，也許要到父親在那個島上死去，父親才可能從那個於他爲極其奇異的監獄中出來。這樣的命運，使他早熟。這一直要到他二十七歲那年，他初可自立，而綠島監獄已被移到臺東的一個叫做泰源的山林中的監獄時，帶著新婚的妻子去重新相會的父親，一直成爲他的生命中的某種中心。

如今，這三十年來的，趙爾平所賴以活過來的「中心」，即將殞失於無有。往後的他的生涯，自然未必就因而產生恐慌。但他卻不能已於感到孤單，一種自幼小以來，經常陪伴著他的孤單。

護士邱玉梅從這頭等病房的小橱，端出一杯冰過的果汁給了他。

「謝謝。」他輕聲說。

「這是上個禮拜的帳單。」

她遞給他的一小疊醫院的帳單，這樣說。趙爾平職業性地、細心地看每一筆帳。他然後從公事皮箱中拿出了支票本子，開具了一張八萬四千元的票子，交給邱玉梅到住院部結清這個禮拜的醫藥費。

他想起就在這幾天裡，差一點就完全被顚覆的他的生活構成。他把支票本子重又放回公事皮包。這兩天，爲了死命保衛自己在公司瀕臨潰滅的地位，緊張佈置和工作，終於初步渡過了險灘之後的，徹骨的疲乏之感，頓時向他襲來。

才三天前，總經理 Finegan 先生的秘書南西，急急忙忙向公司總經銷商暉煌行的少老闆蔡景暉透露，公司北區業務經理 Fred 楊，和幾個業務員聯名向總經理密告，說蔡景暉以經銷總額固定比率的回扣，向趙爾平行賄，以換取獨佔這德國 Deissmann 大藥廠的經銷權，嚴重影響公司在臺灣西藥市場上的開展。

「我看你臉色都白了。這樣子，不行！」

連夜把趙爾平召到他與南西在各自的家庭外租賃的精美大套房，告訴趙爾平這驟生於肘腋的大變時，蔡景暉一邊爲他倒了半杯 Chivas Regal，一邊這樣說。

他們三人在臺北東區這名貴的宅邸區的套房裡，做了整夜的密商和佈署。下班前，Finegan 先生要南西打了一通電報到香港的 Deissmann 亞洲區總部，要求緊急派遣稽查小組，在至遲九日前抵達臺北，十日一大早，到暉煌行突擊查帳。蔡景暉和趙爾平於是商議著最迅速而嚴密的，務必在九日前完成的證據湮滅行動，一邊打電話給留在暉煌行徹夜待命的 Frank 張，終夜清理、燒毀和重製有關的記錄和帳冊。

「我眞爲你的父親難過，Edie。」第二天，Finegan 先生在一項例行會議之後，對趙爾平這樣說，「可是你顯然太疲倦了……」

Finegan先生的，灰色的、梟鳥似的眼睛，深深地注視著趙爾平的臉，銳利地想要讀出這曾經深爲他們倚重，而今卻有背叛和瀆職之嫌的中國人Edie趙的眉目後深深隱埋的欺詐和狡詐。

「謝謝你。」

趙爾平平靜地說，微笑著。他放膽凝視這年齡與自己不相上下的，經常把下巴剃得有如冬天的高麗菜一般青綠的德國人Aldof. M. Finegan先生。他看著Finegan先生站了起來，眼睛迅速地瞟向端來兩杯咖啡的南西，裝著漫不經心地說，「早上這個會，開得不錯，可不是?你的工作，做得挺好，Edie……」

「謝謝。」

他收拾桌上的卷宗，假裝沒有看見Finegan先生會心地、惡戲地瞟向南西的眼神。

「爲了家父住院，謝謝你容許我每天去醫院看他……」趙爾平說。

「那沒什麼。你儘管去醫院看他，特別是這兩天，公司沒有什麼大事。」Finegan先生慷慨地說，「南西，你當然有醫院病房的電話。」

「是的，先生。」

南西若無其事地說。

「呃，」趙爾平突然說，「事實上，我的父親已經在彌留的狀態了。如果你不介意，我想，這兩天，以扣除年休的方式，在醫院照料，你知道……」

Finegan先生忙不迭地說，他爲這樣一個不好的消息感到難過。他說趙爾平儘可以請假，而且「不必動用年休，多請幾天。」

「Nancy！」Finegan先生說。

「Yes.」南西說。

「Edie需要兩天時間，在醫院，你知道，」Finegan先生抑不住興奮的語調，「你幫他照料請假的手續……」

趙爾平離開了Finegan先生寬敞的辦公室，回到自己的房間。只有一小瞬間，他感到對自己、對眼前這一切事情的，極度的厭惡。趙爾平歎了一口氣，忽然想起另一個計策來了。他開始寫一份備忘，交待他不在的這兩天內，行銷部和業務部待辦事項的指示。在其中的一項，他特別建議，下半個會計年度開始之前，應該檢討總經銷暉煌行的管理和營運方式。正式：Fred楊。副本：Aldof M. Finegan先生……

沒有來醫院探視的那兩天多，他和蔡景暉日以繼夜地戰鬥，把蔡景暉和南西的小公館當做作戰指揮本部，在南西不斷暗地提供公司迅速的攻擊計畫的情報下，趙爾平第一次感覺到，這壯年得意的德國人 Finegan 先生，在面對他和蔡景暉的聯手陰謀下，顯得出乎意外地脆弱。香港 Deissmann 遠東本部的稽查小組，到十號下午才到臺灣。住進公司特約的 Astar 飯店後，在 Finegan 先生帶領下，稽查小組殺到暉煌行去。蔡景暉把 Frank 張所率領的整個會計部，全部撤走。

「我把整個會計、財務部門全部撤走，Finegan 先生，以便避開一切嫌疑，只留 Frank 供你們查詢。」蔡景暉拉長著臉，用流利的英語說，「可是你必需爲我，爲暉煌行的名譽負全部責任！」

蔡景暉於是拂袖而去。

十一日上午，稽查小組做出了這樣的結論：暉煌行沒有任何營私、瀆職的據證。小組附帶提出若干改善暉煌行財政工作的建議。

十一日下午，四時許，南西溜到公司外頭打電話到小公館來，Finegan 先生已經下達命令，密告者業務部臺北區主任 Fred 楊和相關的其他五人，立即開革。另外並打好了由 Finegan 先生署名的道歉信給蔡景暉。「剛剛打完開革信。」南西在電話裡說。

蔡景暉掛上電話，走到酒櫃前新開一瓶 Chivas Regal，和趙爾平沉默地對喝。

「他×的！我們贏了。」

蔡景暉歎了一口氣，這樣說。

「哦。」趙爾平說。

趙爾平到浴室裡刮鬍子。他在鏡子裡看到自己那滿是煙燻的、油膩的而疲憊的、方型的臉孔。他回到小餐桌上，用一條新的乾毛巾擦著刮過鬍子的下巴。蔡景暉從冰箱裡拿出兩罐加拿大進口的豬肉罐頭。

「你開罐頭。我去洗個澡。」蔡景暉說，「他×的！」

趙爾平啜飲著滿杯的 Chivas Regal，腦筋裡一片空茫。下一步怎麼辦？他用心地想著。下一步，他想道：他得對於公司對他的不信，表示抗議，不，還得提出辭呈！Finegan 先生非留他不可，他對自己說，否則對香港總部也不能交代。香港總部那個美國老頭 Marston 先生對他不錯，Finegan 先生不是不知道……

蔡景暉從浴室裡出來，只圍著一條淺藍白花的瑞士浴巾。他一身白膘，背上有一塊拳頭小的，暗紅色的胎記。他從冰箱裡拿出一大碗冰塊，丟進自已和趙爾平的杯子裡。

他們沉默地互相舉杯，吃加拿大的罐頭豬肉，抽菸，慢慢地喝酒，直到門鈴怯生生地響了兩、三聲。

蔡景暉去開門。南西回來了。大門關上後，南西把皮包丟到客廳的沙發上。蔡景暉擁抱她。

「我好怕，」南西說，「你不知道，我好駭怕……」

他們開始接吻。蔡景暉的浴巾忽然掉在地毯上，趙爾平看見了蔡景暉怒然勃起的男性。他抓起衣服，默默地繞過他們倆，獨自開門走了。

就這樣，他在這荒蕪的三天之後，開著車子回到醫院來。

現在，他看著病床上彌留不去的，生命的細絲。他的父親趙慶雲，依舊沉落在那至深無可測度的，生命的昏迷之中。趙爾平覺得，現在，病人呼出來的氣，似乎比吸進去的多。可是吸進去的，全是氧氣筒裡的純氧吧。他這樣安慰著自己。

這時邱玉梅推開門進來了。她把兩、三張不同顏色的住院部的收據，默默地交給了趙爾平。

趙爾平於是無端地想起了被赤裸的 Ken 蔡抱在懷裡的南西。

「我今晚住這兒。」趙爾平忽然說，「你就回去吧。」

「噢。」邱玉梅說。

她安靜地從病房的櫃子裡，取下一張折疊的行軍床，把墊被鋪上去，再蓋上印著淺紫色碎花的白被單。她然後把乾淨的枕頭和毯子，擱在行軍床上。

「謝謝。」趙爾平說。

邱玉梅微笑著離開了病房，「趙先生再見。」她說。趙爾平看著那乾燥、潔淨的行軍床，忽然感到三天來不曾回去洗澡的自己的齷齪。

看這個樣，父親的終末，恐怕是三、五天裡的事了。他凝視著病床上的父親，這樣想。他於是想起了他的弟弟南棟。

「找他回來，我要看看他。」

兩星期前的一個晚上，趁著邱玉梅在病房浴室裡洗水果，他的父親在用過醫院準備的晚餐後，歎息似地這樣對他說。

六歲那年，他第一次看到弟弟。那是一個深冬的上午吧。林榮阿叔和阿嬸，帶著他到警備總部軍監去。「帶弟弟回來哦，」出門前林榮阿嬸關心說。他還記得，大門兩邊，有兩個崗哨子。林榮阿叔和阿嬸掏出身分證，崗哨的兵打手搖的電話和裡邊連絡。他們於是被帶到一個會客室裡。林榮阿嬸用抖顫的雙手把弟弟接了過來，抱在懷裡，輕輕地搖著。包裹在破舊卻是乾淨的襁褓裡的他的小弟弟，於今想來，大約是哭累了才睡著的吧，小臉蛋上，還殘留著未乾的淚痕。

上小學四年級時候；弟弟都四歲了。大約是打那時起，弟弟的秀美，就受到大稻埕街坊上一切人們的注目。大而清澈的眼睛；朱紅的，小小的嘴唇，笑起來就露出一排細細的白牙齒；深黑柔軟的頭髮……。他記得弟弟出奇地安靜，卻總不羞赧。那時候，他寶貝似地帶著弟弟在林榮診所的，古老的，大稻埕的亭子腳玩，聽著鄰居的姐姐、嬸嬸、阿姨們誇他弟弟長得俊，他就打心裡得意。「眞像個女孩兒哩！」她們總愛這樣說，並且總要塞給弟弟一、兩片糖果，而他總也能分到他的一小份的。

弟弟一向溫馴地向著他。從很小的時候起，趙爾平就感覺得，如果弟弟不依附著他，彷彿就無法存活了。記不眞切是從幾歲開始的啊，少年的趙爾平，就立下一個強烈的志願：早日自立，成家立業帶著弟弟長大……

小學以後，弟弟日甚一日的秀美，成了T小學裡的不知道疲倦的騷動。他給住在遙遠的小島上的父親寫信，寄去弟弟的照片，信誓旦旦，要讓弟弟「幸福地成長」。初中畢業那年，弟弟忽然長得頎長捷健，長著一頭濃密卻不改溫柔的黑髮。他有兩道濃而粗健的眉毛，一對有些女性化的，在下眼瞼躺著兩小條臥蠶的眼睛，經常漾動著某種絲毫不知道心機的純粹和溫柔。而他的唇紅與齒白，卻自小就不曾變過。

「爸！」

趙爾平在這孤單的、寂靜得只能聽見冷氣機、氧氣管和病人艱辛而重苦的呼吸聲的病室裡，忽然這樣對著昏睡的病人叫喚起來。他俯身向前，抓住那隻在重重的被褥下仍然冰冷的，父親的多骨節的手。

「爸！」他說。他乍然感到喉嚨梗塞了。他在被子底下揑揉著那一隻冰涼的手，竟而驀焉想起了一九七五年那個夏日的一天早上，他接到管區派出所的通知，說是父親得到特赦減刑，要家屬在第二天下午五點半，到警察局領人。

和一屋子的家屬在警察局三樓上的乾淨、寬敞的會客室裡，一等就是兩個鐘頭。然後忽然由兩個安全人員帶進來一羣服裝、鞋褲和神色都和現社會完全不接頭的男人們。他一眼就看見滿頭白髮的父親。趙爾平快步走到父親跟前。

「爸。」

他把跟他一般高的父親一把擁進自己的懷裡。「爸，」他淚如雨下，咽瘂地說：

「爸爸……」

他終於放開父親。就在這時，他看到父親碩大的，多骨節的雙手，緊緊地一手提著一隻古舊、笨重的旅行皮箱，一手提著那一盆倔傲有致的，後來據說是那小島上的特產的矮榕盆栽。哦哦，父親就是那樣地站著，艱澀的眼淚從他那一副舊式的眼鏡框邊，沿著他那堅瘦的面頰，淌了下來。父親的發紅的鼻尖下，鼻水任意地漫著他那微微抖顫的嘴唇。

那時的趙爾平，連忙掏出西裝褲口袋裡的手絹，爲父親揩著臉。

「爸……」

他說。他接過父親右手上的那一隻古舊而笨重的旅行皮箱，走到幾個態度親切的女辦事員那兒，塡寫著保釋表格……

然而，於今回想起來，由於趙爾平早從開始知道出事的時候起，就理解到那特殊的命運：他有一個活生生的父親，卻永遠不能在父親還活著的歲月裡，回來團圓，因此，他的少年和青少年時代，毋寧是爲了他這俊美、溫良的弟弟，努力地活過來的吧。

二十歲那年，趙爾平從師範畢了業，一過暑假，就被派發到羅東一家鄉下的小學任教，分得一幢小小的、古老的木造日式宿舍。就是那年，他帶著十四歲大，身型卻直逼著一七五的自己的，沉默而朗俊的弟弟，因爲電視節目的影響吧，雙雙跪在林榮阿叔和阿嬸的跟前，涕淚滂沱地磕頭謝恩。第二天，弟兄倆便帶著簡單的行李，上羅東鎮去了。那天深更，趙爾平給那遠遠地住在島上的老父親寫信。「我終於做到了：十五年前失散的趙家，初步又撐起來了……」他寫道，「這才是個開始呢，爸……」

成家，立業。他比他同齡的哪個同學都渴想。打從上了初中，一直到上公費師範，他猛唸著英文，每天都聽一、兩個空中英語教學節目。在師範時代，他的英文在全校各年級中出了名。那時候，趙爾平總以爲教小學不是他終生的倚附。搞英文，是他想到可以有一天脫離「師範——小學老師」這個既定軌道的，唯一的門徑。

一九六九年，他考上德國 Deissmann 大藥廠的業務代表。他把沒考上大學的弟弟送進補習班，兄弟倆在當時的臺北市基隆路上租了一個小房子。雖然趙爾平沒有藥學的背景，可是英文文獻和文件，他讀得比別人快，表現自然就好。兩年之後，Deissmann 要在臺灣上市一種全新的，據說是長效、安全，卻差尙未通過美國 F.D.A.

核可的止痛消炎劑，特地從香港派了當時負責國際行銷工作負責人Marston先生來臺灣，做密集的推銷訓練。四天集訓，這個頭髮灰白的美國佬，從頭到尾，哇啦哇啦，全是英語，使得平時根本不用英文工作的全省二十四個業務代表，目瞪口呆。趙爾平卻在這時候脫穎而出，在一場模擬推銷演練中，應付自如。

隔日早上，趙爾平被召喚到總經理室。Marston先生和當時的總經理Albright先生等著他。

「我和Ted談過了，決定調你當業務經理。」Marston先生說。

「我怕，不能勝任。」趙爾平結結巴巴地漲紅著臉，這樣說。

Marston先生和總經理都笑了起來。

「你知道嗎，Edie，」Marston先生說，「你以爲，我生下來就會做這個營生嗎？」

「……」

「你想我學的是什麼哩？」Marston先生說，「法律。哈！」

Albright先生說趙爾平根本不用擔心。「命令發佈下去，一定會有人抵制。」他說，「在哪都一樣，這種事，一定會有人不快樂。」他說下個月初恰好在東京有遠東區銷售經理訓練會議，「你最好趁早辦手續，」Marston 先生說著，伸出他那多毛多肉的手，「恭喜你！」他說。

天色已經暗下來了。趙爾平開始感到飢餓。他打開櫃子，裡面擺著探病的訪客送來的各種廠牌的牛奶、可可……他找到一罐已經打開過的阿華田，卻在瓶瓶罐罐的旁邊，看到顯然是父親帶來看的幾本舊書。他取下其中一本他猶記得是往年父親托他買了，寄到那個小島上去給他的《臺灣福建話的語音結構及標音法》，再爲自己泡了一大杯濃濃的阿華田。

趙爾平在病床另一頭的椅子上坐下來了。把滾燙的杯子擱在病床床頭的小櫃子上，就著床頭的燈光，翻著書本。

他發現曾經在福建各地住過的他的父親，在書上仔細地劃過線，寫過眉批，在練習題上做過答。忽然間，他翻出了夾在書本裡的，往時他寄到島上去，給父親的，弟弟趙南棟的彩色照片。不知道在什麼地方拍下來的，過去還在一個五年制專科讀書的弟弟，穿著花格子襯衫和深藍色的牛仔褲，一頭秀逸的長髮，對著鏡頭，緊抿著嘴微笑著。

——親愛的爸爸，生日快樂。兒南棟敬賀。民60.6.7

照片的背後，弟弟以彷彿小學低年級生的稚惡的字體，這樣寫著。

趙爾平拿起床頭小櫃上的阿華田，慢慢地喝完。他於是喟然歎息了。

民國六十年。恰好是那一年，二十七歲的他正式升任業務經理，結了婚，買了房子。他不斷地給當時移監東臺灣一個山坳裡的父親寫信，報告自己在事業和家庭上的成就。但關於弟弟趙南棟，他已經有好些年在給父親的信裡說謊了。他對弟弟的報告，越來越簡略，總是說他「一切正常，請釋遠念」。

那個時候已經二十一歲的他的弟弟，還在好幾個專科學校中間流浪著。重修，退學、降級、轉學……每次都要趙爾平出面收拾解決。而父親的來信，總只是說些「青年要有從民族和國家的出路去思考個人出路的認識」之類的話。

哦，趙南棟。老實說，弟弟趙南棟長得出奇的俊美。他高大，頎長，健壯。不只是女孩子爲他著迷，在街上，公車上，弟弟的出現，總會吸引不同年齡的婦女的眼光。黏在他身邊的女孩，容貌、身份、年齡、省籍總是不斷地變換。家裡的電話，十有八九，全是女孩打來找他的。幾乎每天，家裡信箱總是擺著幾封灑著香水的信。他喜歡吃，喜歡穿扮，喜歡一切使他的官能滿足的事物。但他不使大壞。他不打架，不算計，不訛詐偷竊。最主要的是，噢，有誰相信呢，他的弟弟甚至是「善良」的。

他那睫毛很長的，澄清而彷彿微酣的眼睛，總是熱心地注視著每一樣他所欲求的東西和女人。而且，彷彿魔咒一般，那些一旦被他熱切地凝視過的女人和東西，到頭來，都會被他所享有。他的零花不爲多，但在他出奇零亂的房間裡，有電動玩具；有收錄音機；有音響；有義大利手工製造的吉他；有各種名牌進口衣飾；有綢質的男性內衣和名貴手錶；有各種各樣精巧珍奇的小玩和飾物。總是有無數的女孩，省吃儉用，送給他一切他所喜愛的東西來取悅他。

但是，舉凡一旦得手的，不論是人和物品，他總是很快地，不由自已地喪失熱情。那些貴重、精巧的東西，在他的房間裡亂成一堆。質地高貴的衣服，穿過之後，不知道拿出來洗濯，擺在床腳下任它們發霉變黑；兩三個燒製精巧的陶瓷菸灰缸裡，堆滿了陳舊的香菸截；幾條黃金和白金項鍊，在地毯上被任意地踩來踩去。女孩子寫來的信，或拆閱，或不曾拆閱，隨地棄置……

不知道從什麼時候起，弟弟從經常夜不歸宿，變成帶著不同的女孩回來住。第二天早上，趙爾平夫婦一道出門上班，看見客廳裡零食、啤酒罐、香菸截和強力膠的空錫管狼藉。弟弟和女孩則在他的深鎖的臥室裡沉睡。

有一天，趙爾平因為感冒發燒，提早在中午下班。一進客廳的門，一股強烈的，強力膠的辛辣，撲鼻而來。他皺著眉頭，從弟弟臥室半掩的門裡望進去，趙爾平不覺愕然呆立了。一再仔細地凝視那黑暗的臥室裡的弟弟的床上，不論怎麼看，也是兩個死屍一般沉睡著的，赤裸的男體。弟弟頸上，掛著沉重的金項鍊，在暗室中發出沉沉的光亮。

那霎時間的趙爾平感到一陣動悸、忿怒和羞惡所造成的眩暈。他「啪」地打開了弟弟臥室裡的電燈開關。臥室內一時燈火通明。他看見弟弟半張著惺忪、錯愕，卻不失美俊的睡眼，倉惶地抓著被單遮蓋自己的身體。

「混蛋！畜生！你們都滾！」趙爾平瘋狂也似地怒吼著，「給我滾！滾——！」

趙爾平用力把弟弟的房門關上，顛顛躓躓地上樓，和衣癱趴在他的臥床上，一連發了幾天怎麼也退不下來的高燒。

就這樣，弟弟趙南棟悄悄地離開了他的家。一直到今天，即使自己的妻子秀蕙在內，趙爾平都沒有告訴過任何人，弟弟爲什麼，在什麼樣的情況中離開了家。一個月，兩個月，四個月……半年過去了，弟弟從高雄來了信，以他那歪歪斜斜的字，弟弟溫順地說他在一個音樂教室教吉他。他沒有問他要錢，可是趙爾平還是按址寄錢給他。兩個禮拜後，他終於說服了自己，依址尋去。而那竟是一個風塵女子的公寓。

然而，一個叫做嫚麗的女子告訴趙爾平，他的弟弟，才在兩天前，和一個他新認識的女子走了。

「我知道，他，並不是個騙子。」嫚麗坐在她那彷彿是電視劇中才能看到的，惡俗地華麗的大雙人床上，強忍著哽咽，這樣說，「我從來沒有碰見過，一個男子，像他那樣，眞心地，愛惜人家……」

「……」

「他陪著我，紅著眼圈。嫚麗，他說，我喜歡了別人，不知道怎麼辦才好。」她說，低著頭用手背擦淚，「我不是故意的，他說。他走了。」

坐在這套房裡唯一的沙發上的趙爾平歎氣了。嫚麗在床頭櫃上拿起一包香菸，爲自己點上火。

「抽菸嗎？」她羞澀地笑著說。

趙爾平搖搖頭。「不，你請便。」他說。其實，他是抽的。不是那個心情，他不想抽。他開始想著在林榮阿叔的醫院裡，相依爲命地長大的弟弟阿南，感到不曾吟味過的寂寞。

「我也不知道，爲什麼，像我這樣，在外面做的女人，竟會當眞用了感情，」她靦腆地，低徊地說：「因爲我愛了他……讓我覺得，我也和別的那些比我好命的女人，是一樣的。他走了……」

她開始在極力自制下，輕咬著她那稍微肥厚的嘴唇，不能自已於抽泣了。

趙爾平沉默地看著她那因爲深深地低著頭而顯露出來的，她那出奇地白的頸項。

「……他走了。可是，看見他經常說起的大兄，你不要見笑才好，覺得，像是我的親人……」她終於抬起頭來，歉然地笑著說，「才這樣地失了體態。眞對不起喲。」

「對不起的，是我。」他說著，沉默了一會，「他怎麼說起我的呢？」

嫚麗說他的弟弟經常會提起自己的大兄，說是從小父母早亡，和這大兄相依爲命，由大兄帶著他長大。「他說他大兄和藹慈愛，很疼惜他。」嫚麗說，「說他大兄刻苦讀册，事業很發展，不像他，沒出息。他這樣說。」

「哦。」他說，「叫他回來一趟，如果你再看見他。」

他們互相留電話。他於是說他要走了。那自稱爲嫚麗的女子說，她誠心意想留他晚飯，但是怕他拒絕，不敢勉強。

「以女人家的愚憨，我總相信，有一天，他終於會再回到我這兒來的。」她寂寞地說，「你瞧，他的電吉他，衣服，全還留在我這兒呢。」

趙爾平站起來告辭。果然在套房的牆角下，看見裝在黑色的，薄薄的箱子裡的電吉他，和一對嶄新的揚聲器。

趙爾平起身打電話到餐廳部。

「一個生菜沙拉，鄉下濃湯吧，還有奶油麵包。」他說，一面看著病床右側已經快滴罄的點滴筒。他放下電話，打開呼叫的開關。他然後上洗手間，在鏡中看見自己的、多肉的、疲乏的臉。

「有事嗎？」

一個年輕的，一臉想必爲之十分苦惱的痘子的護士，走了進來，這樣說。

「有一個點滴，快滴完了。」

「噢。」她說。

她於是走了出去。不久，她進來新裝上一瓶滴劑，安靜地爲父親取脈搏和血壓。她把體溫計插進病人的腋下。趙爾平這才又眞切地感覺到，父親除了尙存的一息游絲，已經是沒有了任何知覺的軀體了。然而正也唯獨是那一息游絲，使他和父親維繫著活著的，人與人之間，兒子與父親之間的關聯。他專注地凝視著父親的微弱的、沉重的呼吸。他覺得，父親每呼一口氣，都像是一次憂愁的歎息。

第一次告訴父親弟弟趙南棟的眞象，父親嗒然地沉默了良久，終於也是這樣憂愁地歎息了。

一九七二年吧，父親忽然來信說，他們又被從臺東的泰源調回火燒島去。「在臺東時可惜未看到南兒，殊爲遺憾。」父親寫道。接著，父親說他的身體尙健，不用他兄弟倆擔掛；勉勵他們要做一個「正直、剛健，蔚爲民族所用的兒女」。父親並且說離島迢遠，兩兄弟不必奔波長途去看他。

那是弟弟阿南離家出走的次年吧。趙爾平竟反而因爲父親的遠調，舒了一口氣。每次到那臺東的深山去見縲絏中的父親，父親總會看似不經意的表情問：

「南兒好嗎？」

頭一回，他說弟弟的學校沒有假。第二回他說弟弟正在工廠實習，走不開。可是他眞不知道第三回以後該怎麼說了。

父親回家的那一年，當報紙上開始傳出立法院正在草擬減刑特赦辦法的時候，趙爾平就不住地寫信到島上去，問父親有沒有合於特赦的條件。「該有的，跑不了；不該有的，想了也沒用吧。」爸爸的回信這樣寫。趙爾平開始到處打聽弟弟的下落。他想起了叫做嫚麗的那個女子。打了電話過去，那一頭說電話的主人早已經換了人。就在毫無弟弟的線索的時候，父親突然回來了。

「眞不巧。弟弟接受爲期一個月的教育召集去了。」

父親回來團圓的那天，趙爾平請餐廳外燴，擺上一桌豐盛的海鮮宴席時，大約是那一天的第三次，他這樣流利卻言不由衷地撒了謊。因爲預想在一星期、半個月裡一定會找到弟弟，所以趙爾平一邊爲父親倒酒，一邊接著說——

「一個星期，半個月內，總要回來一趟。電話總是要打一個吧。」他說，「他，人在部隊裡，特別爲爸回來，寫信進去，怕政治上影響他在部隊裡的處境……」

那時候，父親忙著點頭稱是，他卻感到黯然了。這前一年春天，Albright先生調韓國，趙爾平在 Albright 先生手中再升為行銷部經理，而香港的 Marston 先生也從 Deissmann 遠東區行銷部陞調為整個遠東區最高負責人。到桃園機場去接 Finegan 先生來臺履新的時候，趙爾平早已經換了車子，換了辦公室，也換了一間臺北東區又貴又大的房子。就在這前後，公司總代理暉煌行年輕的老闆 Ken 蔡向他伸手過來。蔡景暉的方式單刀直入，沒有忌諱，更沒有羞恥。「洋人，我看得多了。一切只看你的實力，沒有感情的。」蔡景暉說，「只要有實力，公開的，要賺，私下的，也要賺。我看準你的腦筋好，只要肯放開學，你這個人，也能狠。我，老實說，也不差。我們是絕配！」

就這樣，趙爾平步步為營地，滑進了一個富裕、貪嗜、腐敗的世界。他對金錢、居所、器用、服飾和各種財貨的嗜慾，像一個活物一樣，寄住在他的心中，不斷地肥大。趙爾平忽然感覺到，男人一旦有了預知其可以源源而來的金錢，他最容易滿足的慾望，竟是女人。他開始逢場作戲。初涉歡場，他亢奮、羞澀，對場子裡的女人講客氣，講理。可不多久，他就和歡場老手一樣，不把歡場女人當人。那些女人只是他的活的玩物、配件、擺譜的道具，滿足男子的自私、驕傲和野性的活工具。又不久，他開始狎養情婦。但由於他沒有眞正玩家的闊綽，也缺少眞正玩家的風流，趙爾平的女人，總是沒有多久就和他各自西東。趙爾平的墮落和不貞，像毒素似地毒蝕著夫妻關係。藉著妻子秀蕙擔心父親的政治背景影響她公務員考績，趙爾平借題發揮，和妻子秀蕙仳離。

在極爲貧困的師範生時代，只是受了貧困和囹圄中的父親的，每次都爲少年時代的他帶來悲傷情緒的家信之激勵，他曾立志磨勵人格人品。在他的宿舍的桌子上，壓著他用顏體寫的「立業濟世，答恩報德」。對於那時長著滿臉青春痘，漲紅著臉大談女人的同儕，他是輕蔑的。

現在，他自信還沒有否定過學生時代的，自己的這樣的主張；「只知道沉迷於奔逐異性的人，基本上，是心智沒有充份完成的人」。但是，除了這一點，他的少年時代對進德修業的生命情境的嚮往，於今竟已隨著他戮力以赴，奔向致富成家的過程中，崩解淨盡了。

一九七三年冬天，林榮阿叔一家，終於結束了在臺灣幾十年的診療業務，舉家遷美。趙爾平在臺北一家新開張的歐式大飯店裡訂下貴賓套房，在登機前一日，請林榮阿叔全家住進了去，第二天親自開車送到松山機場。那天晚上，在飯店裡擺下酒席，宴請林榮阿叔一家。

「阿叔，阿嬸，」趙爾平舉杯用臺灣話說，「養（育）的（人，恩）大於天……我和阿南弟弟，代表爸爸媽媽敬您……」

他哽咽起來。林榮嬸嬸的眼圈紅了。林榮叔叔默默地喝盡了杯中的酒。

「寫信告訴你爸爸，我在美國，等待著他平安回家的一天。」林榮叔叔說。

那時候，他看著因皮膚黝黑而益發顯得頭髮銀白的，林榮叔叔的臉，覺得自己已遠非林榮叔叔心中端正奮進的孩子，感到自己心靈的黯黑。其實，第一次編出弟弟南棟因教育召集不能出席的謊言，便是在那個晚宴上。

趙爾平對於能夠若無其事地，在自己尊愛的親長前泰然地說謊的自己，感到了厭惡的情緒。趙爾平依稀地覺得，自己心靈的腐化，其實是在自己滑入這「成功入世」的，貪欲而腐敗的生活之後產生的性格吧。

這時候，他忽然聽見審慎的敲門聲。餐廳部送來了晚餐。趙爾平請女侍把晚餐擺在沙發邊的小几上，付淸了帳。當女侍輕輕地掩上房門，他順手打開電視機，調低音量。螢光幕上映出一個短髮的、好看的年輕女孩，因爲某種常識問答猜獎，得到九千多元獎金，一臉感激驚喜的表情。忽然間，螢光幕上跳接了一個特寫的臉龐。那少女的眼中，閃耀著極爲喜悅的淚光。

趙爾平隨意把電視轉向另一台，開始吃晚飯。這回螢光幕上播著美國節目。一個高大俊逸的男人，一身深黑色的禮服，雪白的襯衫，暗紅顏色的蝴蝶領帶……

他想起了弟弟趙南棟。

父親回來的第一個禮拜，他在下班後，和兩三個同事加班的辦公室裡，接到弟弟的電話。

「哥。是我啦……」電話的那一頭說。

「噢。」他坐直了身體，急迫地說，「你現在在哪？」

「臺北。」

「爸回來了。」他搶著說。

「……」

「爸回來了。」他說，他的握住電話機的手，輕微地顫動著，「爸爸，他回來了。」

「哦。」弟弟說。

弟弟在電話的那一頭茫然地，不住地問，「眞的嗎？」趙爾平把旋轉坐椅轉向牆壁，壓低了聲音，告訴他父親蒙特赦減刑回來的整個情況。弟弟顯然對這麼大的新聞毫無所知。他問弟弟的近況。弟弟告訴他在一個俱樂部當經理。他記下電話號碼和地址。

「我馬上過去看你吧。」他說，掛上電話。

俱樂部在臺北一家最大的飯店第十二層樓上。走出電梯，他看見弟弟站在電梯口等著他。

「哥。」

趙南棟說。他看見微笑著的，弟弟的溫柔的眼睛，盪漾著骨肉間最爲友愛的光輝。弟弟看來瘦了。他的長長的頭髮，乾淨而且蓬鬆。一身深黑的西式禮服，暖藍色的，大型的蝴蝶領帶，雪白的絲質襯衫。他看來英偉倜儻，腰板子結實而挺拔。

從很高的俱樂部客廳的拱型天花板上，安靜地懸垂著四套華美的，水晶吊燈。在三面牆壁中央，有歐式几檯，檯上都擺著西式插花，高可三尺餘。在壁燈下，花團錦簇，輝映著幸福、奢華的，鮮美而又鬧熱的顏色。弟弟阿南領他到客廳中一個舒適的角隅，在全客廳一式紅木歐洲樣式的沙發上，坐了下來。

不曾見過面，合計已經四年多了的他的弟弟阿南，據說是爲了一個「朋友」請他「幫忙」，來這兒擔任櫃台部的經理，已經有四個月了。

「怎麼也打不起勇氣，打電話給你。」弟弟安詳地低著眉，這樣說，「可是，有時候，眞想家……」

弟弟阿南於是笑開他那依然彷彿上了薄薄的胭脂也似的，他的紅色的嘴唇，露出一排白實的牙齒。

然而，已三、四年間，趙爾平早已經從一個因著少時破家的悲劇，而曾經淬勵自己的意志與品德的青年，一變而爲貪取苟得，營私逐利的人。雖然未必沉溺，趙爾平也知道了狎歡於一個又一個女人的糜腐的生活。現在，當他面對著這麼不可思議地美俊的弟弟，忽然感覺到，那一年，他藉以忿怒地把弟弟逐出家門的，他心中的倫理的構造，已經風化、崩壞了。

「這兩天，無論如何，你得回來一趟。」

他喝著冰凍過的香檳酒說，友善地笑著。

「嗯。」弟弟說。

「再找不著你，我眞不知道怎麼跟爸爸說。」趙爾平輕微地歎氣了。「你得記著，你還在接受後備軍人點召。」

「嗯。」弟弟說，一邊爲他的大型高腳酒杯熟練地添加香檳酒，讓細細的泡沫在杯沿上慌張地騰躍，卻總不溢出杯外。

「衣服，穿隨便一點。」趙爾平說。他明顯地感覺到三年前殘留下來的，對弟弟的怒意，早已消失了。「還是那麼多女朋友嗎？」

弟弟不說話，卻只顧皺著眉心微笑。

「人說，命中帶的桃花，我總不信。」他喝著香檳酒，環視著俱樂部的大廳。「可你這個人，活桃花啊。」

「哥。」

「你要嘛，就好好的，」趙爾平說，「好好地幹……」

「哥，」弟弟說，「爸，他都在幹什麼？」

「一天看兩份日報，一份晚報。」他說，「沒見過有人看報像他那麼仔細。」

「哦。」

他的父親看省內要聞，看國際消息，看經濟版……偶然和他談起他的公司裡的工作，父子倆不覺就談起中國製藥工業。談了好一會，趙爾平才發現，當父親說著「中國」，大陸和臺灣總是不分家的。他先是感到詫異。可繼而一想，在理論上，大陸和臺灣，是不分家的。他這才感覺到，很多的場合，當人們說「中國」，不知不覺之中，其實指的就是臺灣。中國大陸，從什麼時間起，竟而消失了呢？「畢竟還是英語清楚，」他想起公司裡大量收發著的英文文件，對自己這麼嘀咕，「Taiwan Deissmann Lab.Ltd. 好傢伙……」

他和弟弟說著這些的時候，他逐漸知道了弟弟雖然也專注地聽著，卻只是在禮貌地傾聽著某些遠遠超出他所熟悉的範圍裡的事物。這時俱樂部的門口，逐漸出現了衣著極爲入時的男女。

「哥，你坐著，我去招呼一會兒。」弟弟說，「你坐著喲……」

他看見弟弟迎上前去，並不卑屈地向著來賓欠身。

「嗨，handsome boy，好啊？」

一個肥胖卻不失壯碩的紳士，向弟弟阿南大聲叫嚷。紳士邊的一個妖嬌的女人，挨到弟弟的身邊，踮起銀色高跟鞋，勾著弟弟的脖子，用她的臉去貼著弟弟的面頰。那個壯碩的男人呵呵地笑著，挽著女人走到裡間。他看見弟弟微微低下他那特別頎偉的身體，親切地傾聽來客的談話，適如其份地笑著，俐落地爲紳士和淑女們點上香菸，帶著客人到他們專屬的，裝潢殊異的房間。當大廳上的仕紳漸多，不知什麼時候，樂質絕佳的探戈舞曲，不動聲色地，輕柔地響起。趙爾平站起身來，走到了弟弟的近傍。

「特別爲你帶來的。」

一個豐艷的，全身白色絲綢的女子，把一朵腥赤的玫瑰，插在弟弟的西裝口袋上，這樣說。她坦露著整個細白的背，沒有穿戴胸衣的，豐碩的乳房，在她白色的絲綢中沉睡。

「謝謝。」弟弟並不阿諛地笑著，微微地欠著身。

現在趙爾平把空了的杯盤刀叉端出病房，輕輕地擱在門外的左側地板上，讓餐廳的侍者來收拾。忽然間，他彷彿聽見了一聲輕微的呻吟。他忙著把電視關掉，站在父親的床前凝神諦聽。然而，不論他如何用心地屏神凝視和傾聽，卻總是中央冷氣系統從風口吹著冷風的聲音、氧氣筒執拗而又忠實的輸氣聲，以及，啊，父親那憂愁的，歎息似的，孤單的呼吸之聲。

……啊，他是在等待著阿南弟弟吧……。

趙爾平忽而驚醒了似地這樣想。他一貫不曾相信鬼神，卻忽然想到，父親這苦痛的彌留，竟或者眞是爲了等待弟弟最後的一見嗎？他於是決定明天出去找尋這距今已經有四年餘沒有絲毫音訊的弟弟。

而那一回，阿南弟弟如約回到家裡。

「爸。」他說。

「嗯。」

坐在沙發上的他們的父親於是低下頭來，流了眼淚了。在趙爾平眼神的指使下，弟弟躊躇著走上前去，坐在父親旁邊的，那重大的栗色的沙發上，怯怯地伸出兩隻和父親酷似的，多骨節的大手，覆蓋在父親那緊緊抓著沙發把手不放的，衰老的，嶙峋的手上。

「坐吧。」

父親終於說。他取下眼鏡，細心地擦拭。他開始端詳著弟弟。

「讓你們孤兒似地長大，眞對不起。」父親平靜地說，「政治上，讓你們有很多不便……」

「爸。」趙爾平說，「我現在，不是挺好的嗎？」

阿南弟弟坐在父親的正對面。小時候，在幾個求學階段，每逢著國文老師出了有關學生的父親或者母親的作文題，他就必定要默默地逃學一陣子。趙爾平告訴父親，因爲點閱召集，所以弟弟阿南可以留住一頭長髮；告訴父親弟弟目前有一份好工作……而阿南弟弟，自始至終，卻出奇地沉默。阿南弟弟只是勉強掩飾著他在這完全陌生的父親之前的侷促，安靜地坐著，聽著父親渙漫、晦澀地又說著抗日；說著逃難；說著他們的母親，在女學生時代，就參加了上海租界裡的抗日遊行……

第二天，趙爾平打電話到俱樂部，問他爲什麼昨天上桌吃飯，就一直沉默無語。

「我不知道。」弟弟沮喪地說，「我覺得心慌。爸爸那種人，知道我過的生活，一定生氣。」

「……」

「從小到大，我只覺得你親……」弟弟笨拙地說，「還有，林榮大叔。」

「胡說。」他並不生氣地說。

兩個月之後，阿南弟弟忽然因爲被控保存和販賣毒品和侵佔罪，被判處四年六個月的徒刑。一個叫做莫葳的，在一家外國航空公司當空姐的女子，在與趙爾平約見的咖啡店裡，告訴了趙爾平令他這叫人震驚的消息。阿南弟弟，有一次開車送他的情婦、也是俱樂部的老闆的曹秀英到桃園機場出國時，在機場的咖啡室認識了莫葳，於是開始了無法遏止的熱戀。曹秀英嫉恨之餘，控告趙南棟販毒和侵佔，終於因爲證據確鑿，判決確定，發監執行。

「他眞吸毒嗎？」趙爾平絕望地問。

「等他出來，我可以勸他，勸他改掉。」莫葳說。她看來三十左右，褐黃色的、柔軟的頭髮，高高地盤在她的頭頂上。他想到父親。噢，他該怎麼對父親說明呢？他沮喪地想著。

「他在龜山監獄，讓我來照顧他。」莫葳說，「反正離機場近。請不必擔心。」

莫葳拿著他從沒見過的，長方型的鱷魚皮包，踩著登、登的高跟鞋走了。她看來豐美，有效率，忙碌而且果斷。

那天晚上，他告訴父親弟弟遭遇的「眞象」。他設法告訴父親全部的故事。弟弟的生命，不必說對於在囹圄中渡過將近三十年的父親，即使對於他自己，也難於全部理解的。他只能說弟弟涉世不深，再加上受人誘陷，致遭噩運。

他還記得，那時候，父親坐在餐桌上，凝望著趙爾平，嗒然地沉默著，而後憂愁地歎息了。

現在，趙爾平開始在病房的浴室中放熱水。他要好好地、徹底洗一次澡了。他從病房的衣櫃裡拿出乾淨的浴巾和睡衣，打了三回肥皀，從頭到腳，洗了個乾淨。他然後躺進浴缸的溫水裡，想起毫無線索的，弟弟阿南的下落。也許現在弟弟阿南不知道在什麼地方，正被什麼樣的女人奉養著吧，他想，也或許……啊！也或許弟弟已經被一個嫉妒的丈夫；被一個不甘情變的女人謀殺，屍骨無存。他被這自己的未必是無稽的想像，先是吃了一驚，旋即獨自對著在浴室中彌漫著的白色的水霧苦笑了。

阿南弟弟坐牢之後，他的公司爲了適應政府的 G.M.P. 政策和藥物進口上的新限制，決定在臺灣覓地設廠生產。爲了籌建新廠，趙爾平和 Finegan 先生忙碌地來往於紐約與波昂之間。初時還去探望過被剃了光頭的、獄中的弟弟，繼而也逐漸疏於探監，只是按時寄些金錢、食品和日用品進去，日子竟然一年一年地過去了。快到第三年的六月間吧，趙爾平在桃園機場送走了一個英國籍的 Deissmann 遠東區醫學部長 Cobern 博士後，碰到了和三、兩個空姐，拖著小小的行李車走過他眼前的莫葳。

他們於是在機場二樓的餐飲部坐下來了。莫葳說其實她偶爾也看見過他在機場忙著趕飛機。她於是佯爲嗔怒地說，「怎麼你就不會想到買我們K航的票呢？」

「噢，」他恍然大悟了似地說，「眞對不起。買機票，都由公司財務部辦，我沒注意。」

他們沉默了一會，趙爾平掏出香菸來，讓了一根Dunhill給她。他爲她點火，看見火光使她的指甲上的淡紫色的蔻丹，發出微光。他想問她關於弟弟阿南的近況時，才感覺到不知道爲了什麼的，自己的無責任深爲疚責，而難於啓齒。然而他終於還是問了。

「他已經出獄，你竟不知道嗎？」

莫葳睜大了塗抹著淡淡的、咖啡色的眼影的眼睛，吐出長長的青煙，愕然地這樣說。

莫葳說，對於「趙南棟那種人」，監中的日子，簡直是地獄。

「剪了光頭以後，他覺得自己醜，難看，簡直痛不欲生。光是爲了他那個光頭，他撞過牆，想自殺。眞撞的……」莫葳說，搖著頭笑，「傷口包紮好了，他硬是說他太難看，不肯見我。我帶著大包小包吃的、用的，到龜山去看他，排了半天班，獄警出來說，莫小姐，人家不見你，我沒辦法……」

「胡鬧嘛。」趙爾平說。

莫葳說她只好委託她的妹妹莫莉，代她去探監。「茉莉花兒的莉」她說。心疼他在監裡度日如年，莫葳花了大把錢請律師，想盡了一切辦法，搞非常上訴。「打了半年多的官司，把刑期減下來了，改判兩年半。」莫葳說。

「哦。」他說。

「我在飛機上到處飛。而人家就能和我那才二十出頭的妹妹莫莉，在探監會面的時候，兩個人隔著玻璃，用電話談起戀愛呢。」莫葳笑著說，「前前後後，我全被蒙在鼓裡了。等有了假釋，莫莉居然瞞著我去保他出來。打那以後，就不知道他們躲到什麼地方過日子了。」

趙爾平感到一種眞切的羞恥。他想起被弟弟阿南的學校當做學生父兄，召到學校去聽著教務處或者訓導處抱怨弟弟的行爲和成績的往日。那時候，每一次，他都會覺得對不起在流放的島上的父親，而感到悲傷。但現在，他卻格外地覺得對不起像莫葳這樣，一再不可思議地愛上弟弟的女人們。

「對不起你……」趙爾平低著頭說，才想起爲已經冷卻了的咖啡倒上奶精。

莫葳歎息了。大廳上傳來報告班機即將起飛的中、英、日語廣播。趙爾平趁隙看了看莫葳的臉，覺得不知道爲什麼，在那張鵝卵似的，膚髮潔淨的，姣美的臉上，竟沒有一絲被棄的女子的萎闇。

「別這樣說。方才，你說他胡鬧的吧。」莫葳一邊啜飲著被她那一豐綿的，卻略微黝黑的手掌環抱著的，長腳杯子裡茶青色的檸檬汁，幽然地，這樣說，「我卻想，胡鬧的，怕不只是趙南棟一個人呢。譬如說，噢，就在這個餐飲部呀，我第一次遇見了趙南棟。然後……我，不也是，胡鬧的嗎？」

「……」

「如果我不曾胡鬧，那時候我就不該看不清楚：趙南棟那個個性，太像我爸……」莫葳說著，對一個從櫺邊走過的，顯然平時熟識的女侍，點了一客草莓蛋糕。「你點什麼？」她對趙爾平說，「飛機上，沒吃過午飯。」

他也點了一客草莓蛋糕。他說飛機上的東西，長年累月吃下來，想必也膩人。

「不。」莫葳用小湯匙挖著細緻而鬆軟的蛋糕說，「我在節食呢。」她笑了起來。

「不論如何，我還是覺得很對不起你。」沉默了一會，趙爾平小聲地這樣說。

趙爾平想了又想之後，開始向莫葳概略地述說他從不曾向任何即使是再要好的朋友（例如 Ken 蔡吧）訴說過，他的家族的故事。回想起來，這不僅僅因爲莫葳是一個只要相對二十分鐘，就會令男子覺得好看，而且很可以依賴的女人；還因為如果話不從頭說起，趙爾平就無法讓莫葳理解到他一再為阿南弟弟表示歉意的誠懇了。他喁喁地，卻也流利地述說著他和弟弟阿南的，憂愁的童年；說著自己的父親和母親，說著林榮阿叔一家的恩情……當他說起那一年他把弟弟帶出來，讓失散了十五、六年的趙家重新自立的時候，他甚至激動卻並不失態地哽塞了。莫葳專注地，安靜地傾聽著。「噢，噢，」她不住地這樣發出憂傷的歎息。

「有時候，我總覺得，除了自己的身世，一般人們長大的故事，總是大同小異吧，」沉默了一會，莫葳這樣說，「眞不能相信，你們竟是這樣長大的……」

莫葳於是也說著她的家世。她的母親，是八堵一帶舊煤礦老闆的獨生女兒，現在是臺北著名的時裝和成衣公司的老闆。「我爸是個上海人。臺灣光復，跟著在福建省政府當官的親戚來臺灣時，也不過十幾歲。我媽說他是個不論說話、做事、做人，都空泡泡的人。」莫葳說，「我媽常說，我爸可以當著許多人，睜著眼，說些不難馬上被戳破的，浮誇的話。有時被人當面戳破了，他老人家乾咳幾聲，也能若無其事。我媽說的。」

莫葳的爸爸跟人家合夥做過幾次生意，卻沒有一次成功，非但血本無歸，而且還會捅出一大堆債，留給莫葳的媽媽收拾。四十五歲以後，莫葳的父親性情大變，專找年輕的女孩廝混。

「我媽很生氣，管住他的錢包，管著他的行踪。我爸就能帶著我妹妹，當時九歲了的莫莉當做掩護，到旅館去見他的女人。」莫葳說。

莫葳說大人在做愛，小莫莉久了也能見怪不怪，自己躺在旅館的地毯上看小人書，回到了家，卻絕不洩露一點秘密。「莫莉長大以後，才告訴我這些。Poor girl.」莫葳說。

「噢。」他吃驚地說。

「從小，莫莉變得什麼都引不起她的好奇心，什麼都無所謂。You know. 我和媽媽都恨死我爸了，可莫莉獨獨向著他。爸可憐嘛。除了找女人瞎搞，他還能用什麼證明他是個男人？莫莉常常這樣說。」莫葳說，「我可以叫一杯 Dubonnet 嗎？」

「當然，」趙爾平說，向櫃台上的女侍揮手，「我點……Chivas Regal。有嗎？」他對走上來服務的女侍說。

長髮的女侍點點頭，在帳單上寫著字。現在整個機場餐飲部只剩六、七個人了。那長髮的女侍繞了個大圈子，送來兩杯酒。莫葳啜著那暗紅色的甜酒，笑著說，

「Dubonnet讓人開心，you know.」

「Sure.」他說。

「可莫莉讀書比我強。F大外文系畢業以後，七轉八轉，她跑去一個女性月刊雜誌社幹編輯。」莫葳說，「還沒領到薪水呢，她就跟我媽吵著要搬出去住。一個月，頂多萬把塊錢吧，她卻可以自己租下小套房，除了月刊社的工作，她可以接出版社、大唱片公司的企劃案回來做。把個小套房改裝得有鼻子、有眼睛……」

莫葳說莫莉恁意隨興地生活，沒有限制，沒有約束。莫葳說莫莉最大的疾病是她不能愛。「被我爸害的。莫莉無法了解男女之間，除了上床，還有什麼。」莫葳說，「她跟男人上床，卻拒絕去愛他們。」有時候，莫莉會在媽媽的氣派的辦公室出現，「媽，有四萬塊嗎？」不管是什麼理由，莫葳說她媽媽總是如數給足。

「我媽知道，其中有一大部分是我爸要的。可她不說破。」莫葳說，「這樣的婚姻，我們鬧不懂，是吧？」

莫葳說，以一個月萬把塊錢的收入，莫莉把趙南棟帶到她租著住的小套房，日子就逐漸過不下去了。

「有一天，莫莉跟趙南棟說，小趙，我們分手吧。梳粧台抽屜裡有五千塊錢，你暫且拿去用。我上班去了。我妹妹莫莉說。」莫葳喝著第二杯 Dubonnet 說，「那天下班，莫莉帶一個女孩回家。咦，你怎麼還沒有走呢？我妹妹說。趙南棟笑著，沒說話，繼續看他的電視。我妹妹莫莉把他的東西收拾好，擱在門外。小趙，你走嘍。這是後來莫莉跟我說的。」

莫葳說，那時趙南棟的臉色發白了，默默地離開了莫莉的住處。趙爾平聽得發了呆。弟弟阿南，什麼時候讓女人攆走過？

「外面下著大雨呢。過了半個多鐘頭，我妹妹莫莉發現梳粧台的抽屜裡，還躺著那五張千元票子。她急忙拿著錢趕下公寓的一樓，看見趙南棟站在走廊上發呆。」莫葳說，「莫莉把錢塞進他的褲口袋，幫著他叫了一部計程車。你告訴司機上哪，我妹妹莫莉對趙南棟說，爲他關上車門。我妹妹莫莉看著車子躊躇不決地開動，然後向著大雨中的臺北市，飛快地開走。這全是莫莉說的。」

第四杯甜酒 Dubonnet，已經使莫葳的兩頰和整個眼圈囊不知打什麼時候起，就飛上一片煥然的霞紅了。她用兩手捧著自己的面頰。滿臉全是姣媚的春天啊，叫人心動，趙爾平想。「I'm on, you see. Dubonnet makes you high and happy...」她說，笑著，「我上勁兒了，你瞧。Dubonnet 叫人開心。」她要第五杯甜酒。「不耽擱你的時間吧？」她貶著她那漾動著媚人的笑意的眼睛這樣說。

「沒問題。我就怕你說，我得走了，我得上飛機。」

「不。我剛下的飛機。」她笑著說，「我跟你說過的。你沒專心聽人家說話。」

「我忘了。」他說。

「你怎麼不問，莫莉搶了你的男人，恨不恨？」她說。

「好，算我問過了。你說，恨不恨？」他說。

「好恨，起初的時候。我找別的男人止痛。通常都有效的。」莫葳說，「況且，我們早上在漢城，下午就到了澳洲……」

「我那弟弟阿南，他摔開人家的時候多……」趙爾平說，「莫莉知不知道現在他在哪？」

「莫莉是，是個雙性戀，你懂吧？莫莉跟一般女孩不一樣……」莫葳說。

「你說什麼？」

「算了。可是莫莉跟趙南棟是一類的。他們按照自己的感官生活，」莫葳說，「我說不清，反正。怎麼說好呢？他們是讓身體帶著過活的。身體要吃，他們吃；要穿，他們就穿；要高興、快樂，不要憂愁，他們就去高興，去找樂子，就不要憂愁……身體要 make love, and they make love...」

「嗯。像癡人一樣，是吧？你一定明白我在說什麼。他們有什麼欲求，就毫不，毫不以爲羞恥地表現他們的欲求。他們用他們的眼睛，心意和行動，清楚明白地，一點也不會不好意思地說，我要，我要！」趙爾平想著他的弟弟阿南，這樣說，「你明白吧？」

「嗯。」莫葳點著頭說，「你知道嗎？我妹妹莫莉，很早就嚷著說，到了三十歲那年，她一定自殺。問她爲什麼。夠了，三十歲，再活下去，多無聊！莫莉說的。最近她改口了，斬釘截鐵，說等到四十歲，她一定自殺，絕不再延期。她一點也不悲傷地這樣說的。」

「他們找快樂、找滿足、找青春美麗、健康……就像原野上的野羊，追逐著青翠的草地和淙淙的水流……」趙爾平說。他覺得三杯 Chivas Regal 使他聲音高亢。這他不喜歡。他以爲，和像莫葳這樣的女子，應該私語似地，喁喁然說話才好，「其實呢，誰又不是？我們全是這樣。有時候，我在想：整個時代，整個社會，全失去了靈魂，人只是被他們過份發達的官能帶著過日子，哈……」趙爾平說，「只不過是，我弟弟那樣的人，就是一點也不掩藏，一點也不覺得害羞，赤裸裸地告訴人：我要，我要！就是這樣……」

「噢。」莫葳新點上一支菸，歎息著說。

「……就是這樣的。你明白吧？」他說。他有些酒醉了。

「趙南棟。才幾年前嘛，喏，就在這兒，我遇見他。他用他那雙眼睛 Oh, Christ，盯著你看，你知道。溫柔，大膽，自私，充滿了慾望。」莫葳說，「我在美國和韓國、日本、臺灣飛來飛去。在飛機上，在機場裡，找一夕歡的『旅人之愛』，我瞧多了。可是他讓我發瘋了。那時候。」

「……」

「他不同。他看著你，那眼光，坦白而貪慾，單刀直入，告訴你，嗨，我要你。」莫葳說，「他像是你在夢裡常見過，或者想要遇見的男人。大膽，自私，溫柔而又粗鄙。可你一點也不覺得他無聊，不覺得他對你很色。迷人，你知道。」

「莫莉呢？」

「莫莉。沒有趙南棟那麼……那麼純粹吧，」莫葳說，「她還知道去上班，還去混，暫時還不要自殺。她搞雙性戀。她不能愛，官能又容易麻木，她去找女人試。她是個雙性戀，你知道。她在她們那個圈兒裡，好多女孩對她著迷……」

「對了。你說什麼來著，」趙爾平說，「She's...She's a...What?」

「算了。」莫葳歎了一口氣，笑了笑，說，「她經常換 roommate，也經常關著自己租的套房，跟這個女孩住幾個月，跟那個女孩住幾個月……」

趙爾平有些懂了。他忽然想起那一年，他在弟弟的臥室裡，看見他和另一個男孩，死了一般地，赤裸裸地睡在那幽闇的床上。

「哦。」他說。他有些想嘔。不能再喝了。他想。

他們於是乎沉默了。機場餐飲部的人，逐漸又多了起來。有送行的人替脖子上掛著花圈兒的，要走的人，拍照，青白色的閃光燈不住地閃動。

「我看，我們得走吧……」趙爾平喟然地說。

「嗯。這個秋天，我要辭掉工作了。」莫葳柔媚地笑著說。

「哦。」

「嫁人。」她說著，在她的手提包裡翻出了她的皮夾。莫葳把放著一張男子的像片的她的皮夾，遞給了他。

他端詳著那照片。一個東方人的，正襟危坐的半身照。

「Hey, who's the lucky man?」他誇張地說，「這走運的男人是誰？」

「日本人。做生意的。」

「嗯。」

「叫Fukamizu，」莫葳說，「漢字的寫法，是『深水』、深淺的深，水火的水。有這種怪名字……」

莫葳笑了起來，酣態可掬。

趙爾平把在澡缸裡泡得發紅的，微胖的身體擦乾，換上乾淨的睡衣，把浴缸裡的水放掉。他走到父親彌留的床前。他看見父親的臉色又更其灰黃了，暗暗地喫了一驚。

「爸。」他無聲地說，「你一定得再撐兩天。我去找阿南回來。」

……

3 趙慶雲

一九八四年　九月十二日，上午 9:00

上午6:30記錄：

血壓100/70mmHg，心跳78/min，input量1720c.c.；output量1340c.c.。Dopamin投與減量。理學檢查顯示，肺部囉音有改進跡象。

呼喚反應增強，動脈血中氧氣及二氧化碳分壓有正常化趨向。7:20，發現病人臉色轉白，極少量血色分泌物發現於眼角及嘴角……

趙慶雲睜開了眼睛，看見一室溫藹的亮光。他看見了妻子宋蓉萱，坐在病床對面的椅子上，聚精會神地看著一本書。她看起來像是早年他們在上海讀書，兩人初識的模樣。短短的、乾淨的，黑亮的頭髮，一張花瓣似地光細的，少女的臉，淡花的唐衣，黑色的長裙，白色的襪，黑色的布鞋。在日本侵華戰爭和中國抗日戰爭連天的烽煙裡，這瘦小、年輕的女子，在上海的南京路上，列在抗議示威隊伍前衛的宋蓉萱，被巡捕房抓去，提起公訴，卻被一個愛國的法官當庭開釋。自己就是和當時還這麼年輕的蓉萱結婚的嗎？趙慶雲驚異地想著。他看著她熱心而專注地讀著，料想那必定是一本歷史之書。在臺北那一家中學教書的時候，蓉萱她就具體地感覺到甫告光復的臺灣，中國歷史教材嚴重缺乏。那時候，趙慶雲建議她就開明書店的幾本著名的中學生歷史參考教材，爲臺灣的學生重新編寫一本。

「不。我們得從臺灣史寫起。」那時候的宋蓉萱這樣說，「認識中國，先認識臺灣和中國的歷史關係……」

「到底還是你那時的想法正確。」看著她專心地讀著一本看起來十分陳舊的，深藍封皮的書，趙慶雲獨白似地這樣對她說。宋蓉萱似乎在一邊讀書，一邊沉思著。

「我正在看你在福建三元監獄寫的日記本……」

「啊，不。那本日記本，在還沒有到臺灣的時候，我們爲細故爭吵，被你燒掉了。」趙慶雲笑著說。

「你說，太陽出來了。號子裡的人都趁著放封的時間抓蝨子，捏殺臭蟲，晒乾衣被。」

「對了。還有疥癬蟲，那卻是你抓不到的。癢啊……」趙慶雲說。「我從號子裡的外役聽說，你在女號子裡，從幫助別人，得到生活的力量……」

「最有趣的一段，是說有一個從建甌迢遙地趕來的女人，爲了在號子裡已經斷了氣的男人，號啕大哭，引起你的悲憫。」宋蓉萱說，抬起頭來。「第二天的日記上，你記著說，那男人昨天深夜還了魂，這建甌的女人，轉悲哀爲悍潑，硬逼著他那瀕死的男人把地契、財產，全交出來。」

「你那時那麼的小，怎麼我就娶了你呢？」他愛惜地望著宋蓉萱，這樣說。

「你這樣寫：沿途一路遞解而身無分文的人；身穿單衣，在隆冬的號子裡顫抖著的人，噙著眼淚互相叮嚀的人……」宋蓉萱讀著手上的書，這麼說，「新來了一個難友，銬著一副腳鐐。鐵鍊碰撞的聲音，不時打動著我的心——你這樣寫著。」

「可是，蓉萱，你一直沒有告訴我一件事。」趙慶雲深鎖著眉宇說，「你找到了黨，入了黨嗎？否則，爲什麼……」

「你說：號子裡每有變動，你總是心緒不寧者數日。」宋蓉萱幽然地說，「苦難的中國。你寫著：昨夜有人因瘧疾死。死前慘呼，聲凝寒夜。」

「否則，爲什麼判決下來，你竟是死刑！」趙慶雲激動地說，「我一人獨生，卻又無法照料孩子們。」

「孩子們。啊，我的小芭樂呢？」她說著，愴然地望著明亮的病室的窗外，「三元監獄一連下了十幾天的雨，從昨天起，竟是一晴如洗了。我好想福州的老家啊，老趙……」

「我知道你準不會說的，問了也是白問。這是你們的紀律，是不是？」趙慶雲歎著氣說，「在福建的三元監獄，我曾跟一個中學的音樂老師學作曲，卻老是沒學會。在臺北青島東路軍監裡，我跟張錫命學。他是留日的音樂學生，日本大阪音樂專門學校的高材生……」

現在趙慶雲看見張錫命對著病房的門口指揮著。那時候，押房裡的人們用日本腔的英語稱他為Conductor。他穿著白色的，舊了的香港衫，瘦高的個子，閉著眼睛揮甩著指揮棒子，彷彿眞有一個大交響樂團就在他的跟前似的。他一定又是在指揮著德米崔・D・蕭斯塔科維奇的降C大調第三號交響曲May Day…趙慶雲想著，因為從張錫命溫柔的，深怕吵了別人的安靜似的指揮手勢中，趙慶雲終竟聽見了豎笛流水似的獨奏，彷彿一片晨曦下的田園，旋轉流瀉而來，開始了「勞動節」交響曲的導引部份。

對於趙慶雲來說，張錫命是個最有耐性的音樂教師。他曾經為趙慶雲在福建三元的，滿是蝨子號子間裡寫成一首小詩〈獄雀〉，譜過曲子。那是一首調皮而揶揄的小曲子，描寫號子簷下的麻雀，看見人們竟而在大好的春天裡，侷促在樊籠之中，而大為嗔奇。在跟Conductor同房的兩個月中，趙慶雲知道了出身臺南佳里地主之家的張錫命，原是單純地想到日本學習音樂的，不意在日本成了抗日革命的青年。他奔向遼闊的東北，尋找抗日戰爭中祖國的樂音。在杭州的一家音樂專科學校，他進一步認識了新俄第一個天才蕭斯塔科維奇的音樂，沉湎日深，無法自拔。

「這時候，豎笛雙重奏就逐漸寂靜了。整個曲趣，於是就開始起變化了。」張錫命一邊閉目揮動著以竹筷權充的指揮棒，一邊喃喃地解說，「弦樂器在這時像是甦醒一般地，像是喜悅地呼喚，徐徐地響起……」

趙慶雲簡直聽見小號的朗敞剛毅的聲音了，像是在滿天彤旌下，工人歡暢地歌唱，列隊行進。他感到了音樂這至爲精微博大的藝術表現形式，是那樣直接地探入人們心靈，而引起最深的戰慄。

「Conductor，你曾說，你要寫一個交響曲〈三千里祖國〉，」趙慶雲說，「描寫自己在尋找民族認同過程中覺醒、抗爭、尋訪、幻滅、再起，以及在勝利的歷史足音前的赴死……」

「聽！聽這一段！」張錫命喃喃地說，「這英雄式的宣敍調……」

他忘我地揮舞著用拇指和食指揑拿著的指揮棒，看來激越、熱烈而且孤單。那時候，趙慶雲還淸晰地記得，每天一早，張錫命就把衣服穿整齊，在押房肅靜地等待催命的點呼；對被叫走的人無言地、敬謹地用雙手握別，然後在自己的舖位上沉默地閉目枯坐。中飯以後，他才開始在他的筆記本上默寫德米崔・D・蕭斯塔科維奇的某一個交響曲的片段，然後或坐、或立地開始指揮……

「Conductor，」趙慶雲說。

張錫命沒有說話。他專注、無我地揮劃著指揮棒。一場暴風，一場海嘯；一場千仞高山的崩頹；一場萬騎廝殺的沙場……在他時而若猛浪、時而若震怒的指揮中轟然而來，使整個押房都肅穆地沉浸在英雄的、澎湃的交響之中。

那時候，每天看著那一大早換好衣服，等待著死亡的點名，而一到下午，又能全心投注在蕭斯塔科維奇的張錫命，爲自己未必死而又未必不死的，懸而不決的命運所苦的趙慶雲，有一天，雖難以開口，畢竟這樣問了張錫命：

「這樣天天在死亡的隙縫中生活，如何不苦呢？」

Conductor沉默了。「以我的案情，我自份必死。」他說，「我等待的，只是死的時間。你等著的，是他人對你的生或死的決定，自然比我焦慮。」他以比起趙慶雲遠爲年輕的手，輕輕地拍著趙慶雲的肩膀，「不必爲自己的焦慮感到羞恥的。」

Conductor溫和地說。趙慶雲流淚了。兩天以後的早上，張錫命被叫走了。他無言地把他還沒有開的兩罐煉乳，略爲羞澀地推到趙慶雲的跟前。而因爲早已穿好了衣服，張錫命第一個走出了押房。

「お大事に……？」他用日語向同房的朋友道別。「請保重。」

現在，趙慶雲忽而看見了林添福和蔡宗義兩個睽違了三十多年的老難友，默默地在病室的地板上下著象棋。對於蔡宗義，趙慶雲有一份尊敬和感激。他沒想到三十四年之後，他竟而又見著了老蔡。他驚喜地說：

「是老蔡嗎？許久不見了。」

蔡宗義彷彿沒有應答，又彷彿像過去那樣愉悅而又親切地應答了。但他卻一直沒有改變坐在地板上沉思著與林添福對弈的，雕刻或者化石一般的姿態。那一年六月，韓戰爆發了。消息傳到押房裡來，幾乎在每個押房裡，都在討論著這巨大地變化著的歷史和局勢。那時候，趙慶雲就曾提出這看法：美國介入臺灣海峽，介入臺灣軍事，美國爲了安撫臺民，爲了美國畢竟是一個「崇尚民主的國家」，可能迫使減少、甚至停止對政治犯的嚴厲處決。張錫命和林添福，似乎以不同的理由，基本上可以算是支持了趙慶雲的看法。然而，蔡宗義卻在這個問題上顯現了同囚數月以來素所未見的悲觀。

「第七艦隊如果眞的已在海峽巡弋，我想，歷史已經暫時改變了它的軌道了，」

蔡宗義有些憂悒地，這樣說。

那時候，在青島東路軍監幽暗的押房裡，蔡宗義和林添福也正坐在押房的地板上對弈。他們下了兩盤棋之後，把剩下的半盤棋廢在紙棋盤上，開始了對於局勢的討論。

「因爲戰後日本的革新翼指導層，沒有看準美國佔領的反革命性格，歡快地把美國當成日本的民主解放者，」蔡宗義沉緩地說，「日本左翼，把日本戰後的民主化與和平化改革的動力，完全寄託在美國佔領當局，而不是放在日本的勤勞民衆……」

在那個時候，押房裡的人都聚精會神地傾聽著。一連十數天來，老蔡彷彿竟日落在困悒的沉思之中，對於同房難友提出的，有關韓戰態勢的看法，始終不曾表示過意見。「讓我再想一想。」他總是憂悃、卻仍然和藹地這樣說。

「結果，從去年開始，」蔡宗義說，「麥帥總部在日本各部門掀起了措手不及的肅清，日本的工會和社共雙方，都遭到嚴重的打擊……」

當時趙慶雲是不服的。他在戰後的重慶和福州，都認識過這幾個美軍人員。他的印象是，美國同情中國的改革……

「在那個時候，老蔡呀，我沒說話。但我想這一次，也許只有這一次，你錯了，老蔡。」趙慶雲躺在病床上，無聲地這樣對著一尊石像似地對弈著的蔡宗義這樣說，「可是，你的哲學性的思辯性格；你那令我這個外省人知識份子也訝異的、知識上的淵博，使我在當時沒有向你的韓戰分析，加以質疑。」

蔡宗義和林添福，依然不動如山地，以同樣的姿勢，俯視著地板上的棋局。啊，這難道不是對弈了將近四十年的棋局嗎？趙慶雲在恍惚詫異地想著，這兩個公認在當時的押房裡頭腦最好的人，從軍監的日子開始，就和歷史對弈了四十年呢。趙慶雲想著。

在凝視中，趙慶雲忽然看見棋盤上的棋子，竟而在自動地廝殺著。

「哦，你們是用意志產生的動力，在下著棋的吧。」趙慶雲讚佩地說，「善弈者，有洞燭機先的識力。老蔡，你畢竟看對了。可是我得一直要到十年後才看清楚，那一切的屠殺和監禁，都和戰後四十年間享盡了自由、民主的美名的美國，有深切關係……」

這時候，趙慶雲忽而聽見林添福促狹而豪放的笑聲。包管是個性詼諧、樂天的林添福，在棋盤上佔了便宜的緣故吧。他記得林添福是個出身麻豆的年輕的醫生。他和散居在其他各押房裡的，清一色外省人的，張白哲那一案的人們一樣，以他們在拷問中的不屈；以他們在押房生活中的優秀風格，以他們赴死時的尊嚴和勇氣，安慰和鼓舞了許許多多在押房中苦悶、懷疑、掙扎著的臺灣籍年輕的黨人。有一次，經過數日長談之後，一個臺中來的年輕人，淚眼模糊地對林添福說：

「謝謝。」年輕人說，「一旦又找著了中國，死而無憾。」

「混蛋！」林添福佯爲生氣地，用日本話說，「你以爲，我是個神父嗎？」

押房的人全都笑了。趙慶雲歎息了。對了，林添福啊，即使在那以死亡和恐怖爲日常的環境中，總也是每天一定要讓別人至少笑一次才能甘心的人。也正是以這詼諧促狹，使他這留日的醫生，沒有成爲「望之儼然」的「先生」，而成爲深受麻豆地方羣衆擁戴的領袖。在押房裡，林添福總是有想不完的點子開玩笑。趙慶雲記得最清楚的一次，是他在押房裡扮劊子手，別人當被決犯。林添福站在那兒，嚴肅認眞地模擬舉槍瞄準，卻像個照相師似地說：

「靠左一點，再靠左……不，請再往右一點……」他正經八百地說：「好。很好。現在，肩部要放鬆。把頭稍微抬高些。好……現在，笑，對了，笑呀，像一個英雄……碰！」

啊！林添福就是這樣的一個人。趙慶雲想著，即使在生命已到了倒數著日子的時期，他也一直活生生地保持著那不可思議的朗爽。一九五〇年十二月，一個溼冷的清晨，林添福和蔡宗義都被叫了出去。趙慶雲再也忘不掉兩人的不可置信的從容。

「君もか！おしいな。」林添福穿好了衣服，用日本話惋惜似地對蔡宗義說，「你也走，眞可惜啊！」

蔡宗義親切地笑著拍他的肩膀，彷彿在說，又來了，你的玩笑……

走出押房的林添福，露著牙，跟凝重地從角木欄栅向被叫出去的人們注目惜別致敬的，各個押房裡的人，用朗悅的聲音說：

「おーーい、行って來るぞ！」他說，「嗨，我走囉！」他們一干被叫出去的在口號聲中被帶走了。忽然間，人們再次聽見林添福那彷佛無限驚喜的喊聲：

「おーーい、月が出ているぞ！」他叫著說，「哇！有月亮呢！」

「幾十年來，倖存下來的人們，還時常在押房裡討論，一個迎接死刑的人，看見了月亮，猶能那樣的喜悅，到底不是癡人，便是大智。」趙慶雲對林添福說。

這一般過程，雖然是後來懂得日語的同房難友，紅著眼眶，爲趙慶雲解釋才知道的，但趙慶雲卻一樣地大受震動。這樣朗澈地赴死的一代，會只是那冷淡、長壽的歷史裡的，一個微末的波瀾嗎？

「不！」那時候，趙慶雲常常在沉思中這樣地怒吼過。

「將軍！」蔡宗義的聲音。

「噢！」林添福是被誰狠揍了一拳似地呻吟著，「噢——喲！嘖，嘖！」

「回不回手？」是老蔡含笑挑釁的聲音。

「不！」

「棋譜，只是個規律吧，眞正下起來，棋局的變化，就太多樣了。」蔡宗義忽然說：「歷史也一樣吧。」

「別講那些自以爲聰明的話吧，」林添福說，「我把炮火拉開了。哼！該你！」

「……」

「哦。」林添福沉吟著說。

「將軍。」蔡宗義平靜地說。

「噢！」是林添福悲痛而又不甘心的呻吟聲。

「三十多年前，我並沒有能力預想到，今天的臺灣。」蔡宗義忽然沉緩地說，「歷史的時間，同個人的時間的差距，老趙，你應該有很具體的實感吧。」

「民族內部互相仇視，國家分斷，四十年了。」林添福朗聲說，「羞恥啊……」

「每回有人被叫出去，我在押房裡唱過：安息吧，親愛的同志，別再爲祖國擔憂……我們走的時候，老趙，你們也這樣唱，」蔡宗義無限緬懷地說，「快四十年了。整整一個世代的我們，爲之生，爲之死的中國，還是這麼令人深深地擔憂……」

病房裡忽然沉默起來了。趙慶雲感覺到四十年的歷史的煙雲，在整個病房裡迴繞著，像高山上的雲海，像北漠呼嘯的朔風……

「超越了恐怖和怨恨，歌唱著人的解放、幸福的光明之夢，度過了最兇殘的拷問，逼向死亡的，我輩一代的人間原點，」蔡宗義獨白似地說著，而後忽然激憤地、戰慄地嘯吼起來：「燃燒起來喲，在臺灣、在全中國、在全世界，高高地燒起來喲！」

「噓——！！」張錫命說。他一身都是淋漓的汗。汗水溼透了他的頭髮和襯衫。「安靜！〈勞動節〉交響曲最後的終場合唱聲部，就要開始了！」

趙慶雲聽見管弦樂部份，在轟隆的打擊樂背景下，以高亢、激動的齊聲宣敍中結束。中板合唱聲部於是展開了。女高音、女低音，男高音和男低音渾厚寬宏的合唱聲，從地平線；從天際，帶著大讚頌、大宣說、大希望和大喜悅，從宇宙洪荒；從曠野和森林；從高山和平原；從黃金的收穫；從遮天蔽日的旗幟，蜂湧奔流、鷹飛虎躍而來。張錫命的臉上是涔涔的汗水，熱淚滿眶。趙慶雲在病床上哽咽不能成聲。宋蓉萱、蔡宗義和林添福都在病房會客沙發上，僵直地坐著，失神、震詫地凝望著用指揮棒揮甩出去一波又一波江河海洋似的合唱聲部的蔡宗義，熱淚掛下他們冰冷了三十多年的臉頰上。

恍惚之際，趙慶雲感覺到有人為他擦拭眼淚。他看到護士邱玉梅張大了她那臺灣曹族人民的，秀美的眼睛，凝望著他。他感到激動過後的平安與祥和。他看到窗外的天空，清藍如靛，萬里如洗。

「好清朗的天氣！」

趙慶雲對邱玉梅說。他於是感到疲憊了。他聽見邱玉梅急切地叫喚著他：「趙先生，趙先生！」今天，我說了，太多話了，他想，不過，住院以來，可能從來沒有，這麼樣，舒暢過呢……

他睡了。

早上七點二十分，邱玉梅為趙慶雲更換點滴針劑的時候，才注意到趙慶雲的眼珠子，在他那緊閉的眼皮裡，始則緩慢，繼而迅速地轉動著。他的臉面，甚至偶爾也會抽搐一下。邱玉梅立刻跑到醫護站去報告。湯主任大夫還沒來上班。當班的小劉大夫和護士長趕到了病房。他們爲他把脈，量血壓……他們的表情有些緊張，有些興奮。邱玉梅看見他們忙碌地爲他打針……而醫生和護士終於走了，叮嚀邱玉梅密切注意病人的情況。八點剛過，趙慶雲的臉上，開始有了淡淡的紅暈。在緊閉的眼皮下的病人的眼珠子，轉動得更其忙碌了。

八點十分，她看見趙慶雲的眼中流出一條細串的眼淚。他的臉色紅潤了起來，鼻尖因充血而發紅。邱玉梅用衛生紙爲他擦去眼淚的時候，她看見趙老先生就那麼的睜開了眼睛！

「哦，上主！」邱玉梅幾乎不相信自己的眼睛，她的心快速地跳躍著。她祈禱似地、喃喃地說，「親愛的上主！哦，他醒來了！」

她彷彿看見趙慶雲用他的眼睛向她微笑著。她然後看見他的眼睛望著下著大雨的，病房窗外陰暗的天空，眼中散發著愉快的光采。她彷彿深怕眼前的一切終是一場幻覺似地，凝神盯著他看著。他的插著導管的嘴，和善地翕動著，彷彿在向她說什麼。

「趙先生，趙先生！」邱玉梅看見他像一個禁不住渴睡的小孩一樣，重又無法抵抗地閉下嗜眠的眼睛的時候，大聲地這樣叫喚著他，「趙先生！」

邱玉梅打開的緊急呼叫紅燈，使湯大夫和小劉大夫、護理長全奔進了趙慶雲的病房。邱玉梅看著他們忙碌地處置著。她看著臉色迅速變得屍黃，呼吸不斷轉弱的趙慶雲，感到暈眩。「親愛的上主……」她無聲地說。

「馬上送ＩＣＵ！」湯大夫面無表情地說。護理長開始打電話到加護病房。

「通知家屬！」護理長對邱玉梅說。

「家屬——。」邱玉梅說，「他兒子今天一早打電話去我家，說他要到南部去找一個人。」

「他沒有留下南部的電話嗎？」護理長說。

「沒有。」邱玉梅說。

「萬一……，請快打電話告訴我。」邱玉梅記起了葉春美的叮嚀的話。

4 趙南棟

一九八四年九月十二日 下午 6:50

上午7:20，病人臉色突然轉白，在眼角、口角發現部份血色分泌，血壓迅速下降，至難於測出血壓。心搏緩慢化和不規則化。

加以緊急急救，送加護病房。

加強強心劑投與，使用人工呼吸器，並安置頸靜脈管。

下午6:10，病人心跳突告停止。值班醫師給予心肺復甦急救，並投與腎上皮質素心臟注射，並同時施行電擊。20分鐘後，病人仍未能恢復生命徵兆。6:45宣佈死亡。

死亡原因：心肌梗塞，多次發作。

從臺北市一個叫做豬屠口的、陰暗、荒蕪而破落的社區中，一個被人棄置的屋子裡，趙南棟像一具甦醒的僵屍，感到焦躁和不安寧。他終於站了起來，穿上厚厚的、破舊的西裝上衣，走出他蟄居的，黑暗而又悶熱的屋子，走向烈日和煙塵的臺北街道。他走路，他搭公車……，汗水拓溼了他污穢的領口、腋下和脊背。他下車，他走路，尋找合適的公車站牌。他終於來到了J醫院，在詢問台上，問到了趙慶雲的病房號。

昨天下午，趙南棟打電話到哥哥的公司。哥哥不在，公司的同事說，他到J醫院去了……

他搭電梯到達了西棟十樓。

他走進沒有關著門的一〇二病房。病房裡空無一人。他在病房裡孤單地站了一會。他走出病房，找到護理室。

「趙慶雲，送加護病房了。」

那個滿臉痘子的護士，淡然地這樣說。她告訴他加護病房的方位。趙南棟遊魂似的上電梯、下電梯，走了兩個長長的、醫院的迴廊。迴廊外，種著整齊地對排著的蘇鐵樹。他然後又上了電梯，下了電梯，向右拐。

護理人員問了他的身份，疑惑地爲他穿上消過毒的白衣。

他走進加護病房，在第三個床位上，他看到他的父親趙慶雲。

兩個醫生從趙慶雲的床邊走開，從呆立著的趙南棟的身邊走過，離開了加護病房。兩個護士開始俐落地拔去病人身上的輸氧管、導管和點滴管。他們掀開床單，從病人的右側腹拉下一條滿是血水的導管。

趙南棟看見父親瘦削、灰黃，在幾個導管口上流著血水的屍體。父親緊閉著雙眼，長期咬著導管的嘴唇，依然空茫地張開著，露出了從一片幽闇的口腔中微微外吐的、白色的舌尖。父親的嘴唇青灰。細細的、粗硬的鬍渣子，爬滿了父親嘴唇的四周和下顎。他的頭髮穢白而無光澤。細大的、青白色的四肢，毫無氣力地，恁意地擱在沾著血污的白色床單上。平生第一次，趙南棟看見父親那衰敗的、被導尿管弄得有些發炎的器官、在蕪亂的體毛中，安靜地死亡著……

護士用一條全新的白被單，蓋住趙慶雲的屍體。一個年輕輕就開始禿頭的醫生，正在厚厚的病歷上的最後一頁，奮筆疾書，一個穿著灰色制服的衛生服務員，開始把病床推出加護病房。

趙南棟夢遊似地跟在病床後頭走著。一個小護士追上來要回穿在他身上的，消過毒的白衣。他加快腳步，追上運搬著父親的死屍的病床，和他們擠進了電梯。

他們走過一條長長的、下坡的廊道，走出了大樓後門，來到一處空曠的，醫院後壁的小廣場。小廣場上，停著一部陳舊的運屍車子。他們走上一條窄小的水泥路，送進一間孤獨的、灰色的水泥房屋。陳舊的木頭看板上，寫著褪了漆色的「太平間」三個顏體字。

他們把用白床單包裹的屍體，推進冰屍的箱子裡，而後鎖上了那厚重的，不鏽鋼小箱的門。

護士和衛生服務員匆匆地離開了太平間。太平間裡的一個老管理員，用濃重的河南口音問：「你是……親戚？」

趙南棟沉默地凝視著那嚴密地鎖上了的、冷白色的、不鏽鋼的小門。他於是回頭離開了太平間。

走了幾步，趙南棟又站住了。火燒似的太陽下，在一身上下厚厚的冬季衣服裡，他可以感覺到冷冷的汗水，從他的脊背和胸口各處流淌著。他的汗衫和襯衫全溼透了。他用西裝袖口擦著臉上的汗。他走到太平間右側的一棵老榕樹下，跌跤似地坐了下來。

趙南棟始終沒有流眼淚。他坐在樹蔭下，時而低頭，時而仰望。他開始感到眩暈，而他的手開始顫抖。他感到氣喘，臉色青蒼。麻雀在老榕樹上聒噪地叫著。一陣熱風，在太平間門外，揚起了一片灰色的沙塵。

現在他開始在上衣口袋裡摸出兩條沒有開封的強力膠。他迫不及待地拆開黃色的包裝盒子，打開強力膠的錫管。他從褲袋裡摸出一個塑膠袋，開始把兩個錫管裡的黃顏色的強力膠，全部擠進塑膠袋裡。

他用顫抖的雙手搓揉著塑膠袋，把鼻子湊進袋口，睜大著那晦暗而空洞，卻依舊不失秀麗的眼睛，貪婪地吸氣。

「哦……」他輕輕地呻吟起來了。

他像呼吸困難的病人吸取著氧氣一樣，一口接著一口，把強力膠辛辣的揮發氣體，貪嗜地吸進他的肺葉裡。他的眼睛越睜越大，直直地凝視著黃灰色的，醫院大廈。從醫院的牆外，傳來了繁忙的汽車和機車的聲音……

一個小時之後，葉春美從醫院大廈的後門、慌忙地，快步走來。她帶著驚懼、苦痛的表情，走在通往太平間的、狹窄的水泥道上。在靠近太平間的門口時，葉春美驀然地站住了。她微喘著氣，看見了在榕樹周圍晃晃搖搖地走著的，眼睛直直地、空茫地望著前方的趙南棟。

「宋大姊，哦，宋大姊，這是你兒子！」葉春美的心中狂喜般地吶喊了。「我從沒見過的小芭樂！我一眼就看出來了，宋大姊……」

她緩緩地走向前去。她站在趙南棟的跟前，看著他那一頭垢污的長髮，蒼白而瘦削的臉。她的眼中發散著溫暖的光采，像是母親看見了自己的骨血。她拉起他的無力的手，從寬鬆的袖口上，看見他胳臂上幾處用菸頭燙觸的傷口。

「小芭樂，我的孩子，」她喃喃地說，「啊，宋大姊，老趙，我終於找著他了。」

她費力地扶著瘦弱、一身汗臭、神志不清的趙南棟，走向開在醫院圍牆邊的後門。

哦，宋大姊，她愉快地想著，你不是要我照顧小芭樂嗎?畢竟，你讓我找到他了……

她在醫院的後門外，攔下了一部計程車。她把趙南棟安頓在後座內側，等自己坐穩了，用力關上了車門。

「石碇仔。」她說。

——一九八七年六月《人間雜誌》

●報告文學●

當紅星在七古林山區沉落

一九四九年底，臺灣「省工委」開始瓦解，
劊子手們在島內展開無忌憚的逮捕、拷問、投獄和刑殺時，
苗栗客家佃丁、和貧農優秀的兒子們，
在三灣、獅潭、大湖險峻山區工作、逃亡、終至覆沒。
徐慶蘭在六張犁公墓上的孤塚，
揭開了沉落在七古林山區的半天紅星……

一九九三年五月廿七日，苗栗縣銅鑼鄉人曾梅蘭，在臺北市六張犁公墓荒蔓的一隅，果然就尋到了他苦苦到處尋找了三十年的、他的胞兄徐慶蘭一方猥小的墓石。墓

石只有十五公分寬。略微傾圮地露在地面上的部分，約莫只有三十來公分高。泥土把墓碑上的字都糊上了，只露出比較清晰的「徐」字。

曾梅蘭用他那幾十年泥水師傅的厚實的大手，隨手抓了一把墓地蔓生的野草，用力在墓石上搓。墓石上的字逐漸清楚了。他睜大眼睛辨讀。石頭上寫著：

民國四十一年八月八日

徐慶蘭

曾梅蘭忽而哭了。滿臉都是眼淚和鼻涕。他用客家話一邊哭，一邊說，「阿哥哇，我找你找得好苦啊……」

曾梅蘭不顧默默地站在一旁的公墓徐姓老「土公仔」（撿骨師），盡情地哭泣。

「阿哥哇……你，幾次託夢……你住在，竹叢下哦，阿哥……」

徐老頭望著這傷心的弟弟，一邊望著離墓石十步遠的一小叢野竹。他掏出香菸點上，在心裡無聲地對自己嘀咕：

——其實，離開墓前兩步，那片竹叢才叫大。蓋房子的時候，全鏟去了。

年輕時，吹得一手好簫……

哭了一會，曾梅蘭想到要下山買一些金箔線香，先就地奠拜一番。他於是從一個塑膠袋裡拿出一把鐮刀，把悒密的野草割了，好有一塊空地可以燒金箔冥紙。然而不料把野草割開兩三步見方，赫然就發現另外一塊幾乎一模一樣的墓碑，靜靜地斜站在那兒。

撿骨的徐老頭這回也呆住了。他說，「這就是了。從前我也光是聽說。現在有兩個墳，就有一大片……」徐老頭也拿起鐮刀，幫著砍密密麻麻的菅草、芒草、野芋和野月桃。挨著徐慶蘭的第三個墓碑出現了，曾梅蘭用割下的芒草搓淨石面。他「啊」了一聲，驚訝地說：

「黃逢開！」

依李敖出版社出版的《安全局機密文件：歷年辦理匪諜案彙編•下》（一九九一），黃逢開在一九四九年八月間參加了中共臺灣省工委苗栗地區銅鑼支部，在廖天珠的領導下，展開活潑的工作。一九五〇年三月，他轉入地下逃亡。一九五一年四月，密潛在張秀錦經營的苗栗七古林山區一個香蕉園石窟內時被捕，於一九五二年八月八日，與徐慶蘭同一天仆倒在國民黨肅共恐怖的刑場上。

曾梅蘭最後一次看見他親愛的二哥，是一九五二年八月七日。他當時被關在臺北市青島東路三號臺灣省警備總司令部看守所第十房。早上四時許，在睡夢中聽見打開鄰近押房鐵門沉重的金屬聲。他一躍而起，挨著門縫窺望他二哥關押的第十四房。他早知道他二哥已依懲治叛亂條例第二條第一款起訴，巴巴地在押房裡等待死刑的點呼已經數月。因此，曾梅蘭雖自知他自己情節不重，罪不致死，但仍然和死囚一樣，每天四點鐘大清早就起來，掛心他二哥被押出去。

獄卒和憲兵打開了十四房。曾梅蘭屏息從門縫裡凝望。押房裡陸續走出四個帶腳鐐手銬的人。其中有一人果然就是他無限敬愛的二哥徐慶蘭。

曾梅蘭把手用力摀住自己的嘴，避免哭出聲音來。他以淚眼貪婪地盯著二哥的背影，無如四個人很快就走出了他極為有限的視界。但四個人腳踝上的鐵鐐拖地的鏗鏘之聲，在凌晨囚房的長廊上，聲聲都打在號哭的他的心版上。他噤聲哭號。他用客家話呼喚：

——阿哥啊，阿哥……你莫走唉，阿哥……

同房的難友都勸他——那時還只不過是二十出頭的小子不要傷心，要爲他二哥善自珍重。翌月，他出去開庭，揹回來十年有期徒刑。

即便是把國民黨，特別是在五〇年代初大量製造冤、假、錯案當做一種常識，人們還是難於理解曾梅蘭的不白之冤。

一九五二年春，家裡才聽說被帶走後乘隙逃亡年餘的二哥又被捕，但卻沒有半點音訊。過了數月，徐慶蘭才從臺北市青島東路三號有信寄回家。弟弟曾梅蘭還兩次老遠從銅鑼到臺北的警備總部看守所探望二哥，送些舊衣和粗食。就那一年的初夏五、六月間，曾梅蘭竟而也被捕了。

現年已經六十多歲的曾梅蘭回憶，他二哥被帶走之後，原已貧困的家道，也益發艱難了。他和三兄每天夜裡出去電魚，天亮了，把電回來的魚交給母親拿出去市場賣了，換取糧食。白天，兄弟倆在家睡大覺。

一夜，有一個姓謝的同村人央他隔日送一封信到銅鑼街上的文林醫院。爲什要要曾梅蘭送信？「我每天早晨電魚回來，一定要騎單車上銅鑼街上去爲電魚的電池充電。那人說，你騎單車，快，又順路。」曾梅蘭說，「鄉下人從來不防著人家。我答應了。替人順道送封信，這有什麼？」

他把電池充上電，揣著人家託的一封信，到文林醫院去。他看見很多病人在急診室等著。他到掛號窗口掛上號。輪到他看病了，醫院院長伸手摸他的額頭。沒發燒呀，院長說。他把揣在懷裡的信交給院長。院長看完信，把信還給了他，說：

「他要的藥，我這兒沒有。你去別家試試。」

曾梅蘭把信放進襯衫口袋，踹著單車回家。「我們雖然只公學校（小學）畢業，別人的信不能看，這個道理我懂的。」曾梅蘭說。踩了半天單車，熱出一身汗。回到家，他就把襯衫脫下來。豈知他一個嫂子順手把汗漬的襯衫往一堆待洗浸泡在水中的衣服裡扔。待他想起，從水中撈起襯衫，那信早已泡得又軟又糊。曾梅蘭急出一身汗，把溼漉漉的信拿到爐火上烤烘，竟而不小心把信燒了。

才過上午十一點，銅鑼派出所就來了一個警察，要曾梅蘭上派出所走一趟。「人一到了派出所，他們就問起被我燒燬的那封信。」曾梅蘭說，「我想了，也不過是人家託我拿藥的信嘛，怎麼警察也知道，叫人來問話？」

曾梅蘭據實把整個始末都說了。「人家警察卻說我連編個故事都不會，問我那麼荒唐的情節我自己信也不信。」特務說曾梅蘭分明是湮滅罪證，燒了那封信。接著就是夜以繼日的酷刑拷打，要他把信交出來。交不出信來，也要招出信的內容。

「他們把我兩個大拇指綑綁結實了，把我吊起來，讓我的身體離地三尺。他們也叫我半跪，用木棍橫在腿肚上，人上去又輾又踩。」曾梅蘭說，「每一次拷問，痛得你一身屎尿，一身汗，滿臉的淚，慘叫到神智都昏竭……」

曾梅蘭沉默了。他點了一支菸。然後他繼續說他後來又被送到新竹憲兵隊，再送保密局。接著臉上被蒙上黑布，送到一個至今他也弄不清楚的、陰暗的地下室。不久，再送刑警總隊，最後才送到青島東路那個看守所。每個單位重複地訊問同樣的問題，也用幾乎同樣的拷刑侍候他。每次拷訊，也莫不屎尿涕泗俱下，迨聲嘶力竭而後已。

「他們叫你兩手虎口卡著桌子，兩個拇指用繩勒住，從桌面下拉緊，你的一手四指、雙手八指，就扣死在桌面上了。」曾梅蘭平靜地說，把香菸擱到菸灰皿上，然後把自己的雙手扣在桌沿上。「然後他們用針刺進指甲下的嫩肉……」

他安靜地訴說，你卻彷彿聽到了那痛徹心肺，屎尿俱下的慘號。曾梅蘭被送到看守所的時候，斷在他左手無名指裡的殘針，引起嚴重的發炎感染，「整個無名指頭腫得有半個乒乓球那麼大，」他說。到了看守所，醫生爲了開刀取出刑針，不能不切去他的小半個指頭。

「我年輕的時候，吹得一手好簫哦。」曾梅蘭笑著說，「可是剪掉小半截指頭，再也不能吹簫了。」

我看到他矮了一截的左手小無名指，在長年泥水匠的生活中磨礪，看來乾淨、碩實，只留下一小片灰暗色的指甲。

他被叫出去開庭宣判的那一天，法官看著他的案卷直皺眉頭。

「你這個案，只你一個人。調查記錄上說你開了會。」法官問，「一個人，他媽的你跟誰開會？」

曾梅蘭說，那全是偵訊機關逼他說的。

「那你怎麼在口供上都捺了手印？」

曾梅蘭說他受到刑訊。特務強拉他的手在口供上捺指印。

「判你十年吧。褫奪公權十年。」

在庭上為他通譯的一個人說，「十年，不會死了，不錯啦。」

但曾梅蘭至今始終沒收到起訴狀，也沒有判決書。

小姜

這貧窮的苗栗客家農民的小兒子曾梅蘭，很受到囚房中難友的愛護，協助曾梅蘭在獄中學普通話，學習代數、幾何、三角和微分，興味盎然。「我學得很勤。」他說，「我坐牢學了知識，不吃虧。」有難友要教他學英文。他在獄中的政治也提高了。「我反對美帝國主義，不要學英語。」他說。有一位難友在獄中專攻英語，出獄後，可以譯書譯文章生活了。「我學的數學，出了獄全派不上用場，久了也生疏了，換不了錢。」他笑了起來。

曾梅蘭在獄中也學唱歌。〈國際歌〉、〈洪湖水〉……他全學會了。「他們說這是共產黨的歌。誰管那麼多？」他說，「他們不明不白，把我關起來。不是共產黨，也要唱共產黨的歌。」

問他在獄中十年，最記得什麼人。他說他最記得新埔一位姓姜的臺灣大學學生。「這小姜，我們客家人哩，」他說。這姓姜的青年教他學普通話，學作文寫信，爲他絞盡腦汁寫答辯狀，教他唱歌，叫他一定要保重身體，說他案情輕，不要擔心駭怕。「但是人家是二條一，就等著憲兵來叫他出去槍斃……」曾梅蘭說，把香菸用力在菸灰皿上擠熄了。

一天清晨，曾梅蘭從身邊異樣的騷動中，張開了眼睛。他看見兩三個班長趁全房熟睡，摸到睡在他身邊的姜姓青年，壓住他的四肢，摀住他的嘴巴。

全房的人紛紛起床坐起，在死一般的沉默中，看著這青年整衣，上鐐，讓出通路，讓小姜被一夥強盜帶出囚房。

「我走了。」

青年安靜地說。「他的臉上沒有任何一絲憂懼。平平靜靜，走出了押房。」曾梅蘭說。他說要是在外頭，誰對小姜這樣，他就同誰拼命。「在牢裡，你只能默默地讓別人把他帶走。」曾梅蘭說。押房的鐵門沉重地關上，曾梅蘭就把臉摀在被頭裡，哭個不停。「哭得被頭上全是淚水和鼻涕。×你媽。」他輕聲地用客家話詛咒了。

何處竹叢

一九六二年四、五月間，曾梅蘭獲假釋出獄。判決定讞，發監執行的七、八年間，他在獄中搞過洗衣、燙衣和裁縫的勞動。每天工資新台幣兩塊錢，到了他出獄的時候，竟也攢下了三、四千元。

他從新店安坑的軍事監獄出來，拎著舊衣、舊被和幾箱子書本，徒步走到臺北車站，弄到一張車票回到銅鑼。

曾梅蘭回到了闊別的老家，眞叫做「又哭又笑」。哭的是他觸景傷情，想起了眼看著他拖著腳鐐出去赴死的二哥。笑的是他果眞回到十年間夢魂縈繞的老家。回去的老家，境況依舊窘困，僅僅是三餐差可爲繼的情況。而堂上兩位老人，爲老二慶蘭的非命之死和老么梅蘭的獄災，長年憂愁，幾年來變得衰弱而又蒼老。等待曾梅蘭回到了家，習俗上消災補運的一碗豬腳麵線還沒吃完，父母就叮嚀他把老二的骨殖尋回來安葬。

他這才知道，二哥慶蘭的屍骨，從來沒回來過。家人告訴他，那一年他二兄被槍決，銅鑼警察局的人來報，限家屬帶一千元在一個鐘頭內辦理領屍。

「那時候，一天的工資十一元。一甲地也才八千元。一千元可以買下兩分地。」曾梅蘭說。

曾梅蘭想起，即使在獄中，他也幾次夢見過二哥對他說他住在一個竹叢下。回家後，這夢更爲頻繁，也都說住在竹叢下呢。屍身沒回來，臺灣到處是竹叢，叫他到那裡的那個竹叢下去尋好呢？

回家後不久，曾梅蘭考上了石油公司接油管的工作。工作挺好，但人家查出他的罪科，隔天就請他走路。他一生氣，向一位好朋友借了一百元，上了臺北。曾梅蘭和他爸爸學過一點泥水匠的活。「事隔十年，泥水活的材料、技藝都改變了、進步了。」曾梅蘭說。他到工地上幹挑磚頭拌水泥的粗活，從頭幹起，暗地裡偷偷觀察，學新活，學新手藝。

另一方面，上了臺北的曾梅蘭更加堅心要找二哥的骨殖。他一邊打工找生活，一邊想到了，有時間了，就到處去找。他首先到馬場町旁的公墓上找。他看著馬場町的沙洲和風中的芒草，想著二哥和黃逢開在凌晨的星月下倒下的情景。那就一定在馬場町就近掩埋吧。可他找遍了馬場町附近公墓也沒有下落。他到新店軍人監獄的墓地上找，到過三張犁的靶場去找。「我錯將靶場當刑場哩。」曾梅蘭抓著尚未禿透的方圓的頭顱說，「人說那地方是『打槍的』所在。福佬人不就說人帶去槍斃，叫拖去『打槍』嗎？」他調侃地笑他自己。

有一回，他聽人家說被槍決的無主政治犯屍身，都送到國防醫學院去當解剖材料。他也聽說國防醫學院的學生，曾經在福馬林槽中認出被特務帶走，沒了消息的同學的身體……他左思右想，打定主意到國防醫學院找去。但是曾梅蘭在國防醫學院大門口，就被守衛的憲兵攔住了。

「我要見院長。」他說。

憲兵問他的身分，有沒有事先約定，見院長什麼事。曾梅蘭說他有要緊的事，非見院長不可。「你看我一個鄉下人，身上也沒有凶器，你怕我有什麼不法？」曾梅蘭跪下來說，「你得讓我進去，讓槍兵押我進去也行。」憲兵不斷地給裡頭打電話。院長說可以見，裡面派出來一個醫官帶他進去。

「他們把我帶到院長的辦公室了。」曾梅蘭回憶說。他把來意說了一遍。

「我知道，如果我阿哥的屍身已經解剖了，骨頭，肉一定也找不到了。那沒關係。」他對院長說，「我只要看你們的文書，確認我二哥的屍身眞在這兒處理過，你們讓我在這兒即使抓一把泥土回去祭拜，我，對我爸，我媽，都有個交代……」他哭了。

院長聽完他的話，只說國防醫學院從來沒有解剖政治犯屍身的事，自然也沒有什麼文書。儘管曾梅蘭聽說時是繪聲又繪影，「但是人家說沒有這回事，我能怎麼辦？」曾梅蘭說，「我只好回家去，心裡想，我阿哥眞不靈聖。」

其實，院長說謊了。是有人到國防醫學院領回被解剖過的政治犯屍身。

曾梅蘭一九六二年出獄時，年三十三歲。他四十歲上討了一個好「婆娘」（客語：妻室），四十一歲，得一子。

「這期間，我阿哥常常來託夢喲，他老說他住在一個竹叢下……」曾梅蘭說，「從夢裡醒來，常常叫人苦苦思量：是什麼地方的竹叢，阿哥他總要給個明示或者暗示……」

而每每做了這樣的夢，他的心就悒悶、焦慮。他想，他二哥徐慶蘭的骨身一定也不知叫人怎麼糟蹋，必定十分不適、不安。於是他就會騎著摩托車在臺北近郊的公墓兜著、轉著，到處找人問，也問不出個道理。「三十年來，我幾乎沒有一年、一月，把找我二哥的事忘了。」曾梅蘭說。

一九八一年，他把家搬到六張犁公墓下。這兩年，有個老撿骨師傅住到鄰右來。「但是因爲彼此工作不同，很少相借問。」曾梅蘭說。

有一天，曾梅蘭在公墓走道旁看見這隔壁的老「土公仔」在撿洗骨頭。「其實，我阿爸也爲人撿過骨。他囑咐他兒子們一輩子怎麼也不要幹洗骨撿骨的活。」曾梅蘭停下摩托車，和老土公仔攀談起來。他這才知道老頭姓徐，「也是我們客家人咧。」他說。

曾梅蘭問徐老頭，他撿洗一把骨頭能掙多少錢。老頭說，連洗、連曬、連入骨罈，一把七千元。

「不知道這行當比幹泥水匠好哩。」曾梅蘭說，「我問了阿廣伯——他叫徐錦廣嘛。我對阿廣伯說，有沒聽說埋葬民國四十年、四十一年……被政府槍斃的屍身的地方……」老阿廣伯竟而說：

「聽說過。」

「在哪位？」

「就在這六張犁公墓上。」

「公墓裡的什麼地方？」曾梅蘭睜大眼睛問。

「這我就不明白。聽老一輩我們土公仔說過。」徐老頭說。

曾梅蘭把他三十年來苦苦探尋他二哥骨身的事，細細地說了一遍。

「我阿哥叫徐慶蘭。」曾梅蘭告訴徐錦廣那個「慶」字、那個「蘭」字，「什麼時候你找著，你叫我一聲。」

這以後的一年多，愛吃蝸牛的阿廣伯，爲了炒蝸牛要加紫蘇葉，他就到公墓一個角落上去採野紫蘇，無意間在紫蘇叢邊找到一個小小的墓石。他隨意一看，是個姓徐的墓石。「那阿梅蘭他阿哥叫徐什麼來的？」徐老頭漫不經心地嘀咕起來。他早把人家的名字忘了。

第二天，阿廣伯找到曾梅蘭。

「阿梅蘭，我昨天找到一個姓徐的墓。」老頭說，「什麼名字，我看不清……」

就是這樣，曾梅蘭找到了他苦苦尋找三十年的他二哥徐慶蘭的一方猥小的墓石，又不意扯出了兩百零貳個和徐慶蘭一樣，在噤啞的黑暗中大批被刑殺的、五〇年代初極少數是眞的、大多數並不是眞的、臺灣的共產黨人和他們的同情者的墓塚。

對於被湮沒、棄置、潦草掩埋在臺北郊外公墓最荒陬的一隅的屍骨，在找不到任何線索的蛛絲馬跡，特別在長期政治恐怖下，有誰能像曾梅蘭那樣，三十年來，堅不氣餒，堅不放棄，苦苦尋覓？如今，事實越發明白：沒有這三十年來不知灰心喪志的、曾梅蘭的尋尋覓覓，就揭不開這石破天驚地證言了五〇年代肅共恐怖的、震動千萬人心靈、逼迫著人們去再思那一頁暗黑的歷史的兩百多個墳塚。

這當然和客家貧農的兒子曾梅蘭獨特地執著、堅忍、「硬頸」的個性有關，但和曾梅蘭、徐慶蘭兩兄弟在貧窮中自小培養起來親密逾恆的骨血兄弟友愛之情，更有關係。

二哥忽然噗通地跪下

曾梅蘭說，他聽說過祖父是個瞎子。但關於他從未一見的祖母，他就不淸楚了。祖父母只生下一個女兒，那就是曾梅蘭和徐慶蘭的母親，叫曾草妹。因爲曾家只這個獨生女兒，招贅了靑年徐阿祥，生下兄弟四人，兩個冠父姓，另外兩人冠母姓。這就是徐慶蘭和曾梅蘭親兄弟倆姓氏不同的緣由。

這一家人原本佃贌了三甲多的地，雖然終歲辛苦，三餐基本上是可以吃上飯的。孩子們的爸還是個有名氣的泥水師傅。曾梅蘭的三哥在農閒時能打些柴草供應磚窯子燒火。家裡養了兩條精壯的大牛牯，老么曾梅蘭就負責放牛飼草。在農地改革之前，佃農徐阿祥一家的生活，還是可以的。一九四八年底，鍾姓地主家，有個兒子在竹南警察分局裡幹局長。人在官衙，消息自然靈通，先知道了政府就要頒布法令，搞農地改革。五〇年新曆年開年，地主就來「起耕」（地主收回佃放的田），強迫徐家退耕，僞稱收回地來家族自耕，以保護鍾家的田產。「種田人老實嘛。否則如果我們抗不退耕，拖上個把月，『三七五』政策發布，我們就分到田了。」曾梅蘭說。但這時二哥徐慶蘭卻忿懣地說：

「起耕就起耕，咱們不求他！不種田，打工幹活，照樣活人，不信不耕地主的田就餓死人！」

因此徐阿祥一家人，佃耕三甲多地的大佃農，在「三七五」減租以及嗣後的農地改革過程中，竟而分不到一寸土地。從此全家在農村打工爲生，從佃農而淪爲農村工資勞動者。父親徐阿祥重拾泥水匠的活，小兒曾梅蘭跟父親學手藝。大哥在戰前被徵調到南洋當日本兵，尚未返來，二哥徐慶蘭也從原日本兵復員，到鄰村的花生油坊去當打油的工人，三哥打柴草供磚窯燒火。

「二哥到花生油坊去做，認識了一個羅坤春，兩個人變得十分要好。」曾梅蘭回憶著說。油坊離家約莫三千公尺，徐慶蘭開始夜裡不回來睡，睡在油坊，和羅坤春聚談竟夜。第二年即一九五一年，這位羅坤春忽然逃亡了。「羅坤春逃亡後不久，聽說自首了。」曾梅蘭說，「我們估計我二哥和羅坤春有些關係，不久也離家逃亡。」

羅坤春乍看也和曾梅蘭一樣，是個硬朗的客家人莊稼漢。他誠懇、坦率，說話不閃爍冗繁。他曾涉及一九四七年的二月蜂起事件，被送到當時臺北大直的勞訓隊去，折騰了半年才回家。一九五〇年五月，中共在臺地下黨、即中共臺灣省工作委員會全面瓦解，蔡孝乾、陳澤生、洪幼樵等人聯名公開投降，勸服在全省地下黨員停止工作，出面自首，結束了「省工委」在臺灣短促的、足足四年的生命。

可是沒有多久，在一九五〇年五月間，一個以陳福生、蕭道應、黎明華等人爲核心，在極度艱難的條件中，奮力展開黨的重建工作。就是在這困難的時刻，陳福生找到了羅坤春，共同展開再建的工作。

羅坤春和徐慶蘭是日制小學（「公學校」）的同學，從小就住得近，在同一個學校讀書。羅坤春的家庭是自耕兼佃農。徐慶蘭家則是純粹的佃農。「我們的家道貧困，過著只是差堪維生的生活。」羅坤春說。

一九五一年，羅坤春的叔叔同一些別人鳩資在村子裡辦了一家榨油坊，羅坤春和徐慶蘭都在油坊勞動。

「徐慶蘭是公學校時代的同學。」羅坤春平靜地回憶，「他這個人重朋友，爲人耿直，很有正義心，人的品質很好。」一九五一年春天，陳福生的新核心進行了一系列思想、政策、路線的總檢討，規定了以艱苦的勞動建設基地、求生活、求發展的路線和方針，工作取得了明顯的發展。以油坊工人掩護工作的羅坤春擔負了在苗栗山區發展據點、建立基地、布建外圍羣眾的任務。

「在油坊裡的日日夜夜，我和徐慶蘭談了許多。」羅坤春回想著說，「他雖然受的教育不多，但是，對於一個貧困佃農的兒子，生活早已爲他上過深刻的功課……。」

羅坤春說，特別在那個困難的時代，黨很需要像徐慶蘭這樣的好羣衆。「黨是魚吧，羣衆就是水。沒有水，魚兒怎麼也活不成。」羅坤春說，「徐慶蘭求知如渴，他對於解放窮人的政治和知識，有不知飽足的追求……」

羅坤春望著窗外，沉默了。

「今年這個夏天，特別熱。你們用點茶。」他說。

「謝謝。」

「但沒多久，再建的黨組織從新竹開始遭受破壞。陳福生一干人全抓進去了。」他平靜地說，「國民黨特務開始四處在找我，我只好潛下去，走路了。」

羅坤春說，新竹、竹南、竹北遭破壞的組織，向苗栗方向湧來大量從地下逃亡的同志，羅坤春得一邊逃亡，一邊爲逃亡的同志安頓避身、工作的據點。臨走之前，他向徐慶蘭交代過，要他密切注意自己的安全，必要時，他也得走。「我把當時地下黨幾個據點所在、連繫的方法告訴了他。」羅坤春說。

顯然是羅坤春潛入地下逃亡不久，徐慶蘭察覺有異，也開始潛身地下。

「二哥躲了這麼兩、三個月，銅鑼警察局開始到我家來找人了。」曾梅蘭說。有一天，銅鑼派出所差了一個小工友來叫人，要徐慶蘭到派出所去一趟。「一連幾天，來了三趟，父母央人去傳他，二哥也不肯出面。」曾梅蘭說。

到第四回，銅鑼派出所來了四、五個警察。

「沒什麼事啦，請他去一趟，問幾句話就回家……」他們說。

警察們的和氣，使曾梅蘭的父母對老二生了氣，叫人四處去找，果然就把徐慶蘭找回來。

「好漢做事好漢當。人家說明白了，去問問話，就回來。」徐阿祥對老二說，「你給我去一趟！」

四、五個警察於是帶著徐慶蘭走上院子裡的曬穀場，父母在後頭送客人。不料到了院子門口，徐慶蘭噗通地向著父母跪下，正襟三拜，口裡說：

「阿爸阿媽，孩兒怕以後再沒有機會孝順您們了，請您們保重……」

警察連忙把他扶起來，再三保證晚上一定送回來。

「那時我在一邊都看得很清楚，」曾梅蘭說，「現在想來，我阿哥那時分明知道自己的噩運已經降臨！」

刑警把徐慶蘭帶走。走了約莫四、五十公尺遠，看見徐家父母都進了屋，才把徐慶蘭的雙手銬住，步行到銅鑼派出所。「我一直遠遠地尾隨察看，」曾梅蘭說，「從此，二哥就失去了音訊。」

大便當盒子

今年六十四歲的曾梅蘭，想起他自己在二十歲出頭的那一年，長距離尾隨被刑警帶走的二哥徐慶蘭的往事，至今歷歷如在眼前。小時候，曾梅蘭和同學打架，打不贏人家，第二天起就不敢上學，大他五個年級的徐慶蘭就會爲他撐腰。「二哥叫我一個人走在前頭上學，他抄附近可以看到我的小路走。」曾梅蘭在回憶中笑著說，「欺負我、找碴來的同學出現了。當我們又打起來的時候，我二哥就出現了。從此，再沒人敢欺負我了。」

可是，生平有兩回，眼看著二哥遭了大難，做弟弟的曾梅蘭卻只能流淚袖手。第一次就是刑警帶走他二哥，他只能流著眼淚緊緊尾隨，從家裡直跟到銅鑼街上，看見銬著雙手的徐慶蘭被粗暴地推進派出所。「另外一次就是在看守所，在門縫裡看著阿哥掛著腳鐐，被帶去打槍，而我只能摀著嘴巴大哭。」他說。

曾梅蘭上日制公學校一年生的時候，徐慶蘭六年級。兄弟倆共帶一個大便當。中午吃飯，六年級的徐慶蘭先吃，留下一年生曾梅蘭的份，再輪到他吃。「家裡窮，兩個孩子只能共一個便當。」曾梅蘭說，「阿哥總是盡量把菜留多了給我。」他們每天一塊兒走半小時的路上學，中午一塊吃便當。一點點蘿蔔乾炒蒜花兒，兄弟倆還讓來讓去。

徐慶蘭畢業以後，到地主家去當長工，幫人放牛飼草。到十七、八歲，徐慶蘭的爸，多佃了一塊地。少年佃丁徐慶蘭很會幹莊稼的活。「村子裡出了名。他力氣大，耘田的 lakdakk 有多重，他一個人揹起走。」曾梅蘭說，「呵，揷秧比快，比面積，比好，他老是第一。」

徐慶蘭是個孝順兒子。

「我二哥從小學畢業後，就出社會掙錢。」曾梅蘭說，「一直到他在花生油坊，每個月掙的錢，一個錢不留，統統交給俚阿媽。」

徐慶蘭對村子裡的長輩都恭謹有加，也是出了名的。二戰末期，日本人調動老百姓，榨取人民的無償勞動，要人們出丁出力「奉公」（義務勞動）。有一回，日本人要趕建水尾的軍用機場，來了單子調人，要徐慶蘭他阿爸徐阿祥去機場「奉公」。徐慶蘭代父出工，到了現場，看到的淨是些村子裡的老人家在勞動。年輕力壯的徐慶蘭；一方面要趕自己的活，一方面忙著幫別的老人家去推上坡的台車，挑重擔子，因此，很得村子裡老一輩人的誇讚。

戰爭末期，徐慶蘭被征去當日本海軍。經過幾個月訓練，調到新竹一個日本海軍機關管廚房的事。有一天，曾梅蘭代替老父到新竹的南寮去「奉公」二十天。當時才十六、七歲的曾梅蘭就利用上工之餘，去新竹海軍機關找他二兄。「當時正是因爲打仗生活十分困難的時代，」曾梅蘭說，「人都每天三餐吃番薯簽飯，其實很難看見幾顆米粒。」找上在海軍廚房的二哥，嗣後曾梅蘭就每天晚上去二哥廚房吃大白米飯。「過了幾天，我阿哥乾脆在南寮和新竹之間，找到一個草叢，要我每天夜晚到草叢那兒搬軍用沙丁魚罐頭。」曾梅蘭說，「你想吧，那是什麼時候！沙丁魚罐頭！」

一九六二年曾梅蘭出獄回家，明探暗訪，把徐慶蘭被押送銅鑼分局後伺機脫逃的始末摸清了一個梗概，並且親自按照這個梗概，自己也走了一遭他二兄逃亡的苦路。

徐慶蘭從家裡被押到銅鑼警察局，初步問過口供，當夜十一點左右，由兩個警員押著坐火車轉送苗栗。「從銅鑼到苗栗，經過南勢之前有一段急陡坡，火車飛快。」曾梅蘭說，「我哥同押人的警員說他要上廁所。警察在火車廂裡的廁所門外等著，我二哥卻從廁所的窗子跳下急行中的火車，跑人了。」

徐慶蘭跳下火車，沿著一條小溪水往前跑。在日本海軍裡鍛鍊過的徐慶蘭，到一九五一年，已經從銅鑼翻了一座山，過了一條水，到了公館的福基，僞裝農村散工，幫當地農民割稻子，晚上睡到地下黨的羣衆賴福相的家。忽一日，偵警掩至，「我阿哥身上懷著一顆日本式手榴彈，正想拉開保險扣，和敵人同歸於盡，」曾梅蘭說，「他突然想到兩個地主家的兒子也在一個房裡睡，手榴彈炸開，一定害及無辜。」徐慶蘭這一猶豫，偵警就撲上身來，把徐慶蘭上了銬，反扣在一張沉重的紅木桌子的桌腳下，好讓他們繼續去搜索整個地主家的宅院。

「我哥他居然就能趁他們搜屋時掙斷手銬，大模大樣往院子裡走出去。這是後來人家告訴我的。」曾梅蘭說，眉飛色舞了。徐慶蘭走了二、三十步，驀而開始向黑夜的山丘狂奔，一時槍聲大作。「我阿哥邊跑邊往後扔石頭，警察以爲他扔的是手榴彈，紛紛趴下，要不就往後撤人。」曾梅蘭說，「你瞧，又讓他跑了！」曾梅蘭說，兩眼閃耀著讚賞的光輝。那時候，正是大雨傾盆，刑警們終於知道他身上沒有手榴彈，力追不捨。徐慶蘭跑到一條溪邊，看見原先一條小溪竟在大雨中變成轟轟怒吼的大水。「可是我哥他縱身一跳，跳進湍急的洪流。警察料定徐慶蘭必定喪命在大水中。」曾梅蘭說，「沒想到不多久，徐慶蘭我二哥，他就在對岸叫人了：有種的，過來找我！」

人們眼睜睜看著他消失在對岸滂沱大雨的水霧中。抓不到徐慶蘭，「窩藏」過「奸匪」的小地主賴福相就被抓走了，後來判了十年徒刑。一九五二年，徐慶蘭由羅坤春帶到大湖的鹹水坑，同另外一個在地下行走的黨人黃逢開白天裡在一個蒸香茅油的作坊幹苦活，晚上則在一個張秀錦家香蕉園裡一個石頭洞裡睡。

「那時節，香茅油的價錢多好！一斤香茅油能換一百斤穀子。你去算吧。」曾梅蘭說，「別人不知道，這香茅油是人的血膏蒸出來的。」工人白天割香茅草，曬香茅草，晚上蒸香茅油，一蒸就是大半夜，工作十分辛苦，「工作太苦了。黃逢開和我二兄每天倒頭就睡死了。」曾梅蘭說，一個漆黑的半夜，十來個特務摸到蕉園的石窟，七手八腳壓在兩個人的身上，徐慶蘭沒有完全醒來前就被紮紮實實地捆起來。「黃逢開趁隙遁走，跑向荒山裡。特務開了槍，打中了他的腿肚。兩人就那樣被綁走了。」

曾梅蘭點上一支菸。我們一時又沉默了。

可是跳下火車，一個人徒手逃亡的徐慶蘭，怎麼能一路上就他身上掏出一顆日式手榴彈，又怎麼和黃逢開逃到一處去？

除了羅坤春，和徐慶蘭同屬於一個地下黨「小組」的謝其淡回答了這個問題。

又一個苦命的孩子

和徐慶蘭一般樣，謝其淡也是苗栗銅鑼貧困的佃丁。他九歲喪父，母親是苦命的童養媳，是個從一數不到十的文盲。日制「公學校」畢業以後，謝其淡就到鄉中一個地主家當小長工看牛。地主家隔壁大戶人家有一個少爺，年齡相仿，就學高等工業學校。少年長工謝其淡每夜貪婪地看這小少爺做功課。「他待我很好。他一邊做功課，一邊教我……」謝其淡回憶說，「我當了兩年長工，也讀了兩年書。」

小長工的工價，是頭一年八百斤穀子，第二年升爲九百斤，以年計算。「我看人家做功課，學知識，常常遭地主家責罵嘲笑。他們說，你如果有讀書的命，今天還用來當長工？」謝其淡說。每次受到嘲罵，心如刀割，羞忿得無地自容。「但回想起來，這麼小的年紀，做什麼那麼貪戀讀書。」他說，「心痛，羞恥，但第二晚還是老著小臉皮，噙著眼淚，挨著人家聚精會神地、貪心地學知識……」

那麼多年過去了，吃了那麼多苦，在國民黨圍剿的坎坷裡走了多少艱苦的山路，但回想起這一段忍辱求知的童年，謝其淡嘴上雖是笑著，眼眶卻閃爍著顫動的淚光。

謝其淡有兩個叔叔，早年奔到日本去工讀。光復前不久回來，帶回來新的思想。「記得一個叔叔讓我讀了日文本孫文的《三民主義》，還記得當時我有這激動的感想：三民主義所許諾的生活，直如天堂的生活！」謝其淡說。光復後不久，後來也知道叔叔們都參加了地下黨。「當時叔叔就說，孫文的三民主義，和當下國民黨的三民主義，不是一般樣！」謝其淡說，笑了起來。

一九五〇年，他二十一歲。當時政府頒布了「三七五」減租辦法，很多地主消息靈通，想方設法，在正式施行減租前強迫佃農退耕，收回土地，逃避分田，非法保住田產。謝其淡的一位窮親戚便是這樣的受害佃農中的一個。年輕的謝其淡很替這位佃農親人不平，竟出面依法抗爭。謝其淡說，地主和佃農全是謝家的人。到了最後，爭訟兩造全上桃園的地政機關相訴，地主請來了二、三十個士紳、教師和名望人爲地主作證，七嘴八舌，發言長達三個鐘頭，「輪到我們佃方發言，才開口講話不及五分鐘，他們就百般駁斥干擾，我有了很深刻的感受。」謝其淡說。

地主鄉紳們的專橫，更加激發了青年謝其淡的鬥志。他到處去查訪蒐證，以確鑿的鐵證，證明地主是個不在鄉地主，歷來從未自耕。這終於使佃方勝訴，青年謝其淡也一時名動鄉里。

但是謝其淡當然不知道地下黨正以讚賞和關懷的眼睛觀察著他。有一天，一個行腳藥商來找謝其淡。這行腳藥商正是羅坤春。

艱難的生活，不平的社會，貧困而充滿侮辱的佃丁的童年和少年生涯，早已爲他積下對於公平、幸福和光明生活的、強大的感性渴望。和徐慶蘭一樣，羅坤春成了頭一個點燃了他思想的火花，相信了透過窮人自己最堅定的鬥爭，去改變世界，扭轉命運，創造美好生活的可能的人。

「這以後不久，我就被帶去參加了讀書會。那是一個窮人的讀書會，對解放的知識，如飢如渴。」謝其淡回憶說，「和徐慶蘭，就是在這讀書小組認識的。」

但他記憶中的徐慶蘭和他並不十分熟識。「他身體魁健，有異常人。他沉默、勤勞、正直。」謝其淡說，「那個時代，鄉下貧困農民，大半都是這樣。誠實、牢靠。但一旦覺醒，英勇異常。」

然而，也是一九四九年底，早在韓戰尚未爆發之前，臺灣地下黨蔡孝乾核心就遭到致命性的破壞。省工委最高指導者蔡孝乾、陳澤民、洪幼樵和張志忠先後被捕，北部各地各級黨組紛紛遭到嚴重破壞。大量的同志被捕。翌年，韓戰以來，報紙上更是日日月月刊出組織破壞和同志殉死於刑場的消息。「在讀書會不久，北部、新竹、竹南地區重建後的黨組織又紛紛受到破壞，四處逃亡避難的同志們，一批又一批大量地向苗栗一帶疏散過來。在幽暗的地下，四處竄奔著從潰散的火線上潛來的同志們……」謝其淡回憶說。

也就在這時節，臺北（松山）機場的組織破壞了。偵警迅速地到謝家尋找逃亡中謝其淡的二叔。機靈的謝其淡，也不能不拋下年輕的妻子和襁褓中的幼兒，開始了在苗栗東勢山區、卓蘭一帶逃亡和重勞動的生活。「徐慶蘭和新竹方面撤退下來的黃逢開，估計是在地下黨的協助與安排下，在大湖基地鹹水坑一帶游走，躲開豺狼的偵騎，和我又全不在一條路上了。」謝其淡說。

這和羅坤春的話是一致的。

羅坤春說，他得到通知，知道形勢已經在往不利的方向迅速擴大。爲了接納行將大量撤退下來的同志，他因必須安排基地的整備，而潛入了地下。「臨走前，我特地把幾個萬一之際可以退避藏身的基地外圍點，告訴了徐慶蘭。」羅坤春說。因此，脫逃後的徐慶蘭，不消多久，就找到了羅坤春。羅坤春帶著他在大湖一帶，竄走於鹹水坑、七古林等地，安排他同撤下來的黃逢開在七古林一家羣衆所經營的蕉園地住下來。

「當時，我忙著巡走在各基地之間，和黃逢開、徐慶蘭也不能經常相見。」羅坤春用他獨有的、和緩、簡潔的語調說，「曾經告訴過他們的，兩個人一道，一定不能同時都睡著了。一定要一醒一眠，輪番守護。一個睡白天。一個睡夜暝。」

這時候，羅坤春的神色閃現了一瞬間憂傷的暗淡之色。他輕微地歎了一口氣。「一直到今天，我還弄不淸，他們是怎樣暴露了身分。」他獨語一般地說。

徐慶蘭是怎麼暴露了身分，引起偵警到迢隔的山區抓到了徐慶蘭和黃逢開？其實曾梅蘭也老早問過這個問題。

一九五〇年，曾梅蘭輾轉被送到臺北的警總看守所。他給二哥徐慶蘭送過衣物飯食。待自己被捕後住進十號房，就嚷著十四房裡有他的二兄徐慶蘭。

押房外頭有個大院子，每天早上，看守班長一房房開門，限極短時間中讓囚人盥洗。「我關進來的消息，經善心難友輾轉告知了我二兄，」曾梅蘭說。第二天一早，我從窗縫裡看見二哥在盥洗台上，背著看守，向我用手指比「二・一」。同室的難友說，那意味著我二哥已經以「懲治叛亂條例」二條一款起訴。「二條一」，在當時就是死刑的意思。

「從此，我知道我哥原來已經活在天天等待著來點呼赴死的日子裡了。」曾梅蘭說，「我天天早上貪心地從窗口看著在盥洗中我那不知明日尚能存活也否的二哥。我二哥也每天在盥洗時間默默地凝望著他的小弟。很多時候，洗臉和抹淚對我常常是一回事……」

但是年輕的曾梅蘭終於不能忍受這生離又是死別的苦痛。有一天，曾梅蘭在全房放出來漱洗時，趁隙不顧一切地衝到他二哥的十四房。「我漸漸聽說很多案情是經人密報而招來被捕。我衝到十四房，問二哥有誰密告或者招供了他。」曾梅蘭說，「我同二哥說，我會爲他報仇。」

曾梅蘭說，他哭著問二哥，語無倫次。「我二哥說，沒有人相害。這條路是我自己走的。我二哥說，阿梅蘭，阿爸阿母都好嗎？他們都還好，阿哥放心了。我說。」曾梅蘭說，聲音哽瘂，「我說阿哥，這怎辦？不怕，我哥說，我走，你要跟，要跟到底。我二十年後，又是一條好漢。要勇敢。我阿哥說。」

曾梅蘭因此被看守班長拖走，挨了一頓好打。「這以後不到兩個月，我哥就被帶出去了。」曾梅蘭說，「和黃逢開同一天，同一時，走的。」

六張犁公墓上，在絕命四十多年後，徐慶蘭和黃逢開的猥小的墓石相並出土。報上刊出了曾梅蘭的述懷。

「我一直到一九五三年才出來自首。」羅坤春平靜地說，「是整個地下黨、連整個再建後黨核心也早已徹底被破壞近一年後才出來的。應該可以說，我是最後一個人了。」

羅坤春沒有明說的，是從新聞報導上曾梅蘭的敍述中，他知道曾梅蘭有所誤會。「我一九五三年才出來。徐慶蘭一九五二年五月在七古林被捕，當然不是我出來後洩漏了阿慶蘭的行踪……」他沉靜地說。

阿坤哥

一九四九年底開始，「省工委」逐次崩壞。一九五〇年中葉，以陳福生爲中心的地下黨劫餘幹部，展開了黨的重建工作，至一九五〇年底，全島各地的組織竟能恢復粗略的規模。但是到一九五一年四月，這個重建核心在新竹、竹北的支部開始被國民黨偵警逐一偵破，終於在特警全面、細密的布置下，在一九五二年四月間，重建的地下黨因領導核心全部被捕而終告瓦解。

這時，失去上級領導的羅坤春開始尋找可能殘存的下級組織。當他在地下且走且尋，逃亡至鴨母坑一帶時，突然遭到八十餘憲警的圍捕。他在驚險中開槍拒捕脫走。但一路上相伴而行的黨羣衆，卻在混亂中失散。這時整個苗栗地區早已密布著敵人的偵探，形勢極爲險惡。身上的盤纏已盡，在嚴峻的形勢下，羣衆已經很難再掩護逃亡的幹部。「而我們也忌諱再去叨擾羣衆，以免禍及他人。」羅坤春說。在諸路斷絕的時刻，一個漆黑的深夜，羅坤春摸回了自己的家。

在如豆的燈火下，羅坤春的父親靜靜地聽著面目黧黑削瘦落肉的兒子要求取得盤纏，立刻再奔赴逃亡的路。「出人意外的是，父親沒有半句責罵的話。我阿爸說，目前情況，危機四伏。只有最危險的地方，才是最安全的地方。這是我父親說的。」羅坤春說，音聲平靜，卻若有所思，「他竟要我就躲在自己家裡。」

羅坤春的哥哥當夜在宅院的後園，挖開了一個隱密的地洞。「從此，白天裡在地洞中躲藏，入夜出來洗澡、吃飯、活動筋骨。」羅坤春說。這時節，報紙上大量出現組織破壞，同志被殺、自首、自新的同志羣出、和政府不斷號召自首恫嚇的消息。他在屋後黑暗、悶溼的地窟中，切膚地感受到整個形勢在迅速而難以挽回地崩解。

一天夜裡，他從地洞中出來吃飯洗澡。忽聽得有人輕聲相喚：「阿坤哥……」

羅坤春霍地拔出身上的手槍，準確地指向聲音的來源。他看見那發聲的黑影輕輕地嘆息了：「阿坤哥，是我……你要開槍，我也認了。」

羅坤春很快地認出是他早聽說已經出面自首的兩位老同志。他想到，如果開槍把這兩個人打死在羅家後院脫逃，老父親和一家人都要遭到殘酷的報復。

「這一猶豫，命運就起了變化。」羅坤春獨語似地說，「是老鍾和另外一個同志。他們說，咱組織全垮了……」

徐慶蘭和黃逢開，據安全局的材料，是另一個黃姓的自首後被運用的人，密報徐黃兩人在大安鄉竹林村七古林的行踪，布線偵察，終至逮捕。

我忽然記起第一次到苗栗銅鑼鄉羅坤春家採訪，主客坐定，說明了來意。

「我是共產黨人。」羅坤春平靜地說。

「……」

「世人都說共產黨多麼壞。」他說，「我不那麼想。」

到外雙溪採訪謝其淡，他也劈頭就說：

「我走過的路，是我自己選的。自己決定的。」

「是。」

「別人說，什麼人受到共產黨『邪說』的欺騙、迷惑……」他說，「我就不是。我照著我的思想去做……」

我想他拋妻棄子，在險峻崎嶇的苗栗山區艱苦、勇敢地在危機四伏的地下跋涉，遇到農民的番薯田，同志們只挖瘦小的果腹。「共產黨不該拿人民的糧食。肚子餓了，沒辦法了，也只挑小番薯……」謝其淡說。回到社會，他照樣奮力向前，從一個染工，升到整染技師，載譽退休。

「我曾經問過徐慶蘭的大哥，問他關於徐慶蘭的一些事。」

羅坤春以他一貫平穩的語調說。

我沉默地記著筆記。羅坤春又爲我們倒了一輪新茶。

「說是，黃逢開、徐慶蘭，同一天叫出去。」

「是的。」我說，「說一說，你對徐慶蘭的印象……」

他沉吟了半晌。

「他，很老實，很正直……」這大半天來一直心緒平穩，說話不疾不徐的羅坤春，這時忽然淚流滿面，怎麼也無法自抑。「很勇敢，很好的，青年……」他哽咽地說。

羅坤春忙著掏出手絹指著滿臉不能自已的淚水。「對不起……」他說，「我，失態了。」

我沉默地、輕輕地搖了搖頭，看著羅坤春低下頭奮力吞聲。我移目窗外，那是暮夏一個晴朗的天空。「不，羅先生。即使嚎啕失聲，也不爲失態的。」我心中無聲地說。

「我們的羣衆眞好。」

一個多月來的採訪中，不時聽這些五〇年代的地下黨老戰士說起苗栗山區的七古林、神桌山、清水坑和大河底等「基地」和「據點」，耳朵聽著，手上記著，可心裡卻一直有個疑問，像個疙瘩梗著，怎麼也不容易吞下去：難道在那時候，臺灣的地下黨果眞發展了赤色的游擊武裝和基地，在臺灣的山區，自有政治、軍事、社會、經濟和文化體系？

九月中旬方過，羅坤春和謝其淡應記者的要求，陪記者一道，花了兩天的時間，走了苗栗縣大湖、獅潭和三灣一帶山區，重點擺在口述資料較少的黃逢開遊走過的腳蹤上。

從苗栗到三座厝附近，我們拜訪了徐慶蘭的故宅。往時頹圮的草房，如今已改成堅固漂亮的水泥樓房。就在附近的羅坤春家的老房子，倒是保留了往時紅磚小三合院的舊貌。現在老家住著髮鬢皆白、身體卻依舊朗健的羅坤春的大哥。我們到屋後去，當年窩藏了羅坤春近於一年的地窖，早已塡平，並且在旁邊蓋起了一小棟水泥房。距此不遠，謝其淡的老屋旁則早已讓人改成土鷄場，舊址則只剩一片草木繁盛的小坡，在微風中送來稀落的蟬鳴。

車子離開銅鑼，開始向大湖山區走。這一路上，才知道苗栗大湖、獅潭一帶的山有這般俊美。山勢詭奇而陡峻，有些地方，甚至勉強可以彷彿昆明的山景，層層疊疊，雄奇險峻。而在層疊有致的山與山之間，有溪有澗，山上有一片又一片自日政時代以來的保安山林，尤其是成片的桂竹密林，在極目之內，迎風婆娑。這樣的地理環境，不但令人讚歎，即從游擊基地的觀點看，似乎也是十分有利的地帶。我四處張望著這幽靜險峻的山區，想著，當年眞有一羣青年，以自己的青春爲燃料，燃燒著對於解放和幸福最堅決的信仰，在這山巒、保安林和溪澗中激動地竄奔的情景，一種歷史風雲的某種不可思議的實感，一時在胸膺中潮湧不已。

「現在山路都拓成了產業道路，」謝其淡說，「要在我們那時候，這半天路，上午出發，深夜才到。」

一九五一年四、五月以後，情勢一天天惡化。竹北、竹東、新竹的事業單位、交通部門裡的黨組和地委紛紛瓦解。五月，雲林、桃園、鶯歌的機關也遭到沉重的破壞，形勢極爲險惡。「原先開闢山區據點，絕不是爲了消極避難逃亡，是爲了實踐重組後新的工作方針：開展農村山區工作，以勞動求生存、求隱蔽、求工作發展。」羅坤春說，「但是到了這時，組織系統遭到全面破壞。我們逃竄在山區，到後來完全成了逃亡求生以待時機，生活就越來越艱苦了。」

黃逢開、徐慶蘭和謝其淡一樣，都是地地道道的農村工人，自小就是在農村裡以兩條結實的胳臂的勞力換飯吃的。「他們從外貌、生活、語言看，就是農業工人，誰見了都不起疑。」羅坤春在顚簸的車上說，「當時領導部要我們『運用勞動方式建基地，在勞動中求生活、求安全、開展工作』，這就要靠他們了。我，就差一點吧。」羅坤春自嘲地笑起來。他當然不算是地主少爺，可也不是農村佃丁長工。模樣、勞動架式就跟人不太一樣。而現實上，當時苗栗周邊貧苦農村中，也確實有大量的農村工人湧向苗栗山區的香茅油作坊打工。黃逢開他們摻雜在這些山中作坊的工人中，以傑出、沉重的勞動生活，在山區裡打開了社會關係和工作關係。「他們勞動好，爲人好，生活好……很容易取得作坊業主和工人們的好感。待人和環境都熟悉了，他們就搞宣傳鼓動。」羅坤春說。

「怎麼宣傳？」我問。

「宣傳大陸的土改徹底，窮人徹底翻身。」

「嗯。」

「宣傳新民主主義。」謝其淡說，「窮人講給窮人聽，說起來滔滔不絕。」他笑了。他說現在反倒忘卻了不少。

「黃逢開的口才好。」羅坤春若有所思地說，「他很會說。」

「還宣傳什麼？」

「宣傳反對美國帝國主義。」

「哦。」

羅坤春點了一支菸，順手把車窗搖開一道縫。四十年前，在這荒陬的山上，窮人對窮人談反對美帝國主義，而四十年來，在都會裡有多少文明的知識人，從來只說美國親，美國好。誰要說美國是帝國主義，誰就是可笑又復可憐的「義和團」。從洋知識份子來說，「民族主義」是用來罵人的髒話。

「宣傳反對美國帝國主義。你剛說的。」

「嗯。我們說，美國打壓中國人民和朝鮮人民，不讓兩國的窮人站起來。」

「……」

「美國帝國主義扶助日本人再搞帝國主義，將來叫日本人再侵略，壓迫咱中國人。」

這山窪窪裡貧困已極的客家農民聽得懂嗎？

「當然聽得識。」謝其淡說。

謝其淡說像他這樣的黨人和別的農業工人就生活在一個工寮裡，在一個蒸油坊裡工作，一塊汗流浹背，在一個鍋裡掏飯吃，有完全一樣的語言、一樣的思想感情。「咱幹的活，絕不比人差，而且還常常比別人好，比別人累。」他說，「羣眾覺得我們的生活、命運都一樣，但又覺得我們想得比人多些，看得比人要深些、遠些。」這往往很快就取得工人們的信賴。

「我們的羣眾眞好。」羅坤春安靜地說。

「眞好啊。」謝其淡虔誠地說。

「羣衆很聰明。他們識字或者不多，但眞聰明。」羅坤春說，「他看你做工、說話、生活，他就知道你是什麼人，爲什麼、爲誰在吃苦、工作。」

謝其淡說，沒有羣衆的同情、愛護、支援，「到了吃緊那幾年，你要在那麼大的山區『走路』，是完全不可能的。」他說。

「他們嘴裡不會說，但把你當親人。不，比親人還親。」羅坤春說。

山村裡來了陌生人，問東問西，他來告訴你。鄰村鄰鄉抓走了人，他來通報。橋頭、街角多了幾個擺攤子的人，他來警告。里民大會發了通緝犯名單，單子上有你的名字，他來告訴你。「當我們不能不往地下潛去，半夜三更，輕輕敲他的窗門，他讓你快快扒兩碗冷粥，帶走一包鹽巴，一塊洗衣皀，拎走幾件禦寒的衣服，」謝其淡說，眼眶紅了，「默默地不說一句話。我們爲了安全，常常拿了東西，掉頭就走。那時候年輕，咬著牙，忍著滿眶的淚。」他嘴上笑，一邊伸手揩淚。

中午，我們到十分崠山區一家半山腰上的孤獨農家。不久，主人家的女人擺出一桌酒菜，兩大盤亮著黃油的白斬土鷄。一羣工人先上桌吃了。再添肉添湯，輪到我們吃。主人的女婿殷勤勸酒。席間，知道這種山的農家，把滿山的柿子園和柑橘園荒著，在山下租了地種「觀光草莓」。方才桌上的工人，就是僱來種草莓的農業勞動者。

野薑花香

吃過中飯，謝了主人，我們的車子就沿著山路開向公館、大湖、獅潭交界的山區。

「方才這一家，就是當年我們發展出來的羣衆的一門親戚。」謝其淡說。他說老主人方才還告訴他，那些年，偵探警察每次在山區有行動，一定會上他們家問東問西，穿堂入戶找人。「可是今天相見，對我們還是熱情友好，和當年絕不相差。」謝其淡說。我想起整個席間他們都用客家話談得熱絡。啤酒使主客的臉都發出喜慶樣的紅光。

車子在窄小的山路中走，兩邊都是密密切切的桂竹林。桂竹皮上有一層帶著粉霧般的、淺淺的墨綠。竹林的地上是一層厚厚的、枯灰的落葉。羅坤春說，那些年，他常常就在這桂竹林中一走就是兩、三天。「腳步輕，速度又快。」謝其淡說。天大亮以後，走路的黨人就在密密的竹林深處砍那麼幾根竹子，用竹枝竹葉和山芋葉，蓋個蔽雨的小篷睡下。「天黑下來，人醒了。精神抖擻，繼續趕路。」謝其淡說。

「你就看看這些竹林好了。」羅坤春看著車窗外的濃濃的竹蔭說，笑了起來。「那些年，我們在裡面走，像走大路，他們怎麼抓得到人？」但是在竹林中竄走，還不能騷動竹子。有一回，被幾十個警察包圍住了。「什麼地方竹子搖動，子彈就飛什麼地方。」羅坤春說，「他們從山上往下看，只要沒有風，一眼就可以看到竹梢因人騷動的方向……」

車子在山路上走，一個拐彎，一條山澗在右面的山坡下出現。山澗裡開滿雪白的野薑花。謝其淡說，逃亡的時候，只要有條件，爭取每天洗澡。

「野薑花愛沿著有水的地方開。花開的季節，深夜裡，在那獨特的野薑花香中洗澡，至今不會忘。」

謝其淡回憶說。洗澡不止是對衛生健康好，一旦隔日預定要經過山中人家或下山走村路，不但要洗澡，還得用肥皀洗個乾淨。「否則你身上因爲久不曾洗澡積存的體味，一定引來鄰近飼狗最凶猛的狂吠，」謝其淡說，「驚動謐靜的深夜裡的村莊，引來偵警的注意。」

「肥皀，不容易入手呢？」

「羣衆給。洗衣肥皀就是。平時也捨不得用。」羅坤春笑著說。

羣衆供鹽、供火柴。謝其淡說鹽比什麼都重要。「你可以一年吃不上米飯，不能幾天沒鹽吃。」他說。

「沒有鹽吃，一個人就會渾身無力。」謝其淡說。

在山區「走路」，長年營養不良。「腳指甲因營養不良，先是變黑，後來就全脫落了。」謝其淡說。但是，當他們回憶，他們到今天都無法解釋當時他們那裡來的好體力。他們翻過一個又一個山，走長長的山脊稜線，走崎嶇的溪埔，終年吃番薯、菅草心和少量魚蝦，「可是一年到頭，就不生病。在山區走一趟，從一個據點到另一個據點，就是兩夜三天，卻一點不叫累。」謝其淡說，「有時候，一連三天雨，你就一連三天身上沒乾過。」

哭了整整一夜

現在我們從九分崠下來，沿著一條寬闊的後龍溪上游河邊的大車道走。人不在山中，遠看清水坑山區，山巒起伏，陡峭錯落的山脈，大片大片茶綠色的桂竹林在風中搖曳著溫柔的筱浪。就是在這個苗栗山區，僅僅是四十年前，多少貧困農民優秀的兒子，在心中沸騰著解放自己，解放臺灣，解放全中國，解放全人類的信念，忍受飢寒艱險，遊走於山區的地下。

「知道韓戰爆發，美國人封鎖了臺灣海峽，不覺得大勢已去嗎？」

「不。」謝其淡說。

我們找了一處樹蔭停車，喝水拍照。羅坤春說，韓戰發生後，據說中央曾要求臺灣的同志停止一切活動，不要再發展。「但是聽說陳福生他們並沒有傳達。」羅坤春說，「這是我後來聽說的，確實也否，也不知道。」

一九五二年四月開始，再建後的省工委基本上瓦解，無法就具體形勢和政治，發揮指導作用。許許多多像羅坤春、謝其淡等在黨的青年，僅僅懷著堅定而簡單的信念，含辛茹苦，在不斷惡化的環境中堅持生存，堅持繼續組織的命脈。「是因爲我們有一個理想。」羅坤春說，「窮人應該過好日子。舊社會要整個翻造過。中國要強大起來。帝國主義再不能欺負我們中國。」

謝其淡就是爲這樣的理想拋下妻兒，在艱險的山區奔竄，從來不叫一聲苦。「特務們人多，槍多，但就是逮不住我們。」他說，「爲什麼？因爲他來是爲了一份薪水，同我們在山區捉迷藏，叫苦連天。我們，是爲了窮人自己的解放……」謝其淡要在這個寬闊的溪埔照幾張照片，因爲他對這溪埔有難忘的回憶。今年全省苦旱，這後龍溪的源頭也不例外。「那些年，再早也早不到清水坑。」羅坤春大聲說。溪埔中心有個砂石場，傳出轟隆隆的聲音。四十年前，在黨的年輕人要碰頭、約見，常常挑這個地方。

「這兒視野遼闊，一目了然。」羅坤春說，「一旦發現異樣，容易躲藏。」溪埔到處是大石頭。特務開槍，隨便躲在石頭背後，安全無虞。「到處的菅草叢，一側身，敵人就看不見。一轉眼，你已經涉過水，俐俐落落地往荒山跑了。」羅坤春說。

一九五二年，陳福生的領導核心已經出去「自新」，垮了一年。謝其淡和他尊敬的老黃見面，也在這個溪埔裡。謝其淡比約定的時間早大半天就來到溪邊，躲在一個戰略位置，屏息觀察有沒有伏計。一直到半夜，老黃來了，謝其淡立刻帶老黃到一個荒山炭窰裡。兩個青年在破窰裡談了一整夜。老黃告訴他，路已經走完了。黨也徹底瓦解了。就義赴死，無濟於事。「而這時，你出來，不用供人、不用害人。不用你供，敵人全知道了。」老黃說。

謝其淡最堅強的鬥志終於迅速瓦解。「我哭了。哭了整整一夜，老黃也陪著流淚。」他說，「怎麼是這個下場？委屈啊。」

在張秀錦的妻子的指引下，我們的車子在河床上突跳顛躓。經過了砂石廠，再走一截，也不能不停在一條沒有旱乾的流水邊。利用簡便的纜車度過對頭，我們開始徒步爬上七古林。羅坤春步履尙健。心臟開過刀的謝其淡就走得很緩慢了。他們對於山路如今也成了水泥產業道，十分驚訝。路的兩邊，依然是密密麻麻的桂竹林。大約在一九五〇年底，黃逢開來到大湖山區潛隱，由並不知情的他的一位堂叔，把黃逢開介紹給住在七古林的張秀錦。經張秀錦的介紹，黃逢開在更深一點的山裡一個香茅油坊找到工作，安頓下來。而在東勢一帶跳火車脫逃的徐慶蘭，不久也在地下找著了羅坤春，由羅坤春帶到七古林來。

「張秀錦是地下黨的同情者。他把黃逢開和徐慶蘭都安頓在他自己的香蕉園裡一個石窟裡住。」羅坤春說，「形勢越來越緊。我吩咐，夜裡兩個人要分段睡，互相守衛。這我已經說過了……」

張秀錦在前些年過世了。因爲「窩藏」了「匪諜」，他被判刑十年。張太太和兒女早都遷下山去了。現在張太太十天半個月上山來老屋看看。屋後是一片柿子園。市價太賤，一樹一地的好柿子沒人理睬。羅坤春偷偷告訴我，張秀錦夫妻感情自來不好。從綠島回來，張秀錦另外帶著一個女人窩在這山窪子裡過日子，很少下山。「一家大小，都是這老張太太含辛茹苦在山下帶大。」羅坤春說，話中不免有些批評和無奈。我想起半路上在張秀錦太太家打尖喝水，在牆上看到張秀錦後生的結婚照。新郎和新娘模樣都很好。

「神桌山下苦別離」

一九五二年四月，「重整」以後的省工委，在國民黨特務大量策反的「內線」深入滲透下，迅速瓦解了。四月二十二日，老黃被出賣，持槍負隅抵抗不果就逮，二十六日，陳福生中計被捕。

「老洪」（陳福生）被捕的消息在苗栗山區地下快速地傳開。羅坤春想到了黃逢開。「黃逢開是三灣人。一九五一年四月，竹南機關遭到破壞以後，黃逢開受命來鹹水坑這一帶開闢據點。」羅坤春回憶說。他們倆相識，也自這時始。現在老洪抓起來了。羅坤春急著到三灣的大銃櫃去摸具體情況，順便約定和宋松財同幾個潛走地下的同志會個面。

「三灣是黃逢開的本居地，地頭上他比我熟。我要到三灣摸情況，想到找逢開帶路。」羅坤春說。

時間在一九五一年八月。羅坤春和黃逢開會合，在估計入晚可以抵達三灣的時間，由鹹水坑出發。「夜晚入三灣，安全嘛。」羅坤春說。入夜，兩人到了距黃逢開家不遠的一個劉姓的黨的羣衆家。羅坤春先問有沒有什麼情況。「這劉登興竟說什麼情況也沒有，說一切很平靜。怎麼可能？整個領導部都抓了，山路、溪邊、村莊路口，偵警密布。再問，他還是那老辭，沒有事，一切平靜。」羅坤春說。他本能地對劉起了疑心。吃過飯，一無所得的羅坤春只得準備就寢，心裡盤算，無論如何要半夜三點起程，摸黑回七古林去。劉登興要羅坤春在屋裡睡，機警過人的他倆謝絕了，主張在劉家屋後的破炭窰裡睡。當他們睡下，再睜開眼睛，已是半夜三點過了五分。羅坤春匆匆叫了黃逢開，卻發覺劉登興竟在前屋沒睡。「再細看，他們家前院有戴斗笠的人影，在月光下晃動。」羅坤春說。他拔起身上的槍。踩著貓步，出了大廳。「正欲跨出廳門，一排槍就打過來了。」羅坤春說。他回了幾槍，跑回屋後破炭窰，而黃逢開早已不知去向，他只好竄向荒山，在槍聲中逃逸。

後來，記者見到現年八十一歲的宋松財。他是三灣鄉大河村出身的貧窮佃農的兒子。早在一九四九年，他就參加神桌山上一個據點裡的讀書會。「那時黃逢開還小，我們讀書討論，他在外頭負責安全警戒。」他說。據他說，黃逢開和羅坤春在劉登興家遇伏失散，黃逢開奔躍闖下山時，把上身衣服扯破了。黃逢開在山與山間的溪澗潛行，聽到身後有人行的濺水聲，黃逢開和來赴約的宋松財就見了面。他們倆結伴而逃，上了神桌山，「在那兒，兩個人躲了一天一夜。黃逢開衣服破了，裸著上身，我最記得。」宋松財說。

兩個青年傾談竟夜。都談了些什麼呢？

「他談他在香茅油坊的生活。」宋松財說。

「還有呢？」

「不很記得了。」宋松財說，「他比我小，但見識、思想、理論，都比我高。」

「最記得他還說了些什麼？」

宋松財向我比了比他的大拇指。「他是個人才。」他扶了扶眼鏡說。他然後用客家話說了一段話，神情肅然。羅坤春在一邊爲我通譯。

「他說，黃逢開講，打內戰是同胞相殺，破壞自己國土，損失自己人民田園財產。」羅坤春說，「黃逢開還說，我們的鬥爭啊，是要阻止內戰，把國家統一起來……」

「黃逢開說，中國一定要強才行。一國分成兩頭相打，最爲可恥。」宋松財改用福佬話說，「我們是爲使窮人過上人的生活，使中國富強，在鬥爭，黃逢開這樣講啦。」

四十年前神桌山上的一席話，在倖活下來的宋松財的記憶中，留下巨大的重量。宋松財小時窮得連公學校都沒能畢業，有些字還經常忘記怎麼寫，卻不知道他竟怎樣地學做了舊體詩。他在一本小筆記本上抄下他做的好幾首並不工謹，卻深情溢乎言語和格式之外的舊漢詩。有一首記這次神桌山別後的詩：〈三個月再憶逢開〉，有這句子：

懷念當時事盡悲，神桌山下苦別離。
兩人分手難相見，來日吉凶未可知。

宋松財回憶說，在山上一日，終須作別。宋松財惦記羅坤春遇伏後的安危，想留三灣打探消息，但黃逢開卻想往危險的鹹水坑去。

「黃逢開，他在香茅油坊預支了一點工資，如今工還沒做完，工資還不曾抵平，失信於羣衆，不好。」宋松財說，「他竟爲了不負羣衆，再入虎山。」

「第二天，我就在七古林見到了前日在三灣失散的黃逢開。」羅坤春接著說。四個月後的一九五二年二月間，黃逢開和徐慶蘭雙雙在張秀錦蕉園裡的石窟中被捕，離開宋松財在逃亡途中寫懷念黃逢開的詩才一個月。

第二天，我們開車從苗栗經明德水庫到三灣，探訪黃逢開的胞弟黃逢銀先生。就在快到三灣的路上，我們看見了宋松財屢次提起的神桌山。遠遠眺望，神桌山果然像一隻大神桌，在起伏的山脈中竟有一段長長的平台，平台兩頭還有翹起的桌沿，像是古厝屋簷的燕翅，看來就是大戶人家正堂上供著神明和祖宗牌位的「紅格神桌」。最早，宋松財和一些貧窮的農民青年在神桌山裡開會、讀書。他在〈念舊日讀書會〉爲題的一首詩上寫道：

舊日書堂何處尋？神桌山下柏樹林。
田畑青草春色滿，空山葎林鳥啼喧。
同志共論天下計，羣英激越愛國心。
幾多志士遭難死，長使壯士淚沾襟。

詩有農民素人詩的拙糲，卻讀之震動。另外一首〈一九七一再上神桌山〉，詩中有這幾句：

半生痛苦等閒過，空留遺跡在人間。
多少同志空論政，頭顱落處血斑斑！

這種事，他不幹

羅坤春和謝其淡以神桌山爲背景，拍了幾張紀念照片，感慨殊深。再上山路，不到一個小時，就到了桂竹林下半山腰上的黃逢銀，即黃逢開胞弟的家。

一九五〇年八、九月間的一夜，七、八個特務、警察摸到了黃家。黃逢銀說，早有戒心的黃逢開一直不在家屋中，而在屋後一間粗紙作坊裡睡。不諳途徑的警察，在黑夜中踩了一個空子，整個人摔倒了。黃逢開在睡夢中聞聲竄奔，消失在漆黑的竹林裡，自此展開了開闢據點和潛逃地下的生活。大哥走後年餘，黃逢銀在荒山上割草餵牛，順近到劉登興家討水喝，不料就在劉家撞見了當時也潛逃中的彭南華。因爲是大哥黃逢開的朋友，彼此寒暄了幾句。不料數月之後，彭南華從潛遁中「出來」了，供出逃亡途程時，提到了在劉家碰到過黃逢銀的事。「事後他們就來家裡逮人了。『知情不報』，判了十年。」黃逢銀說，「那時離我哥脫走，已有兩年。」

兄弟相繼一個逃亡，一個投獄。「養家活口的重擔立時都在當時小學才畢業的大妹身上。」黃逢銀說。父親憂病而死，母親竟日以淚洗面。而黃逢銀被捕後一星期，又傳來大哥黃逢開在獅潭七古林一帶被捕的消息。時在一九五二年的四月間。又四個月，黃逢開和徐慶蘭雙雙刑死。「哥哥的死訊，是二妹在小學朝會上訓導老師的訓話中聽到的。」黃逢銀說，一邊給羅坤春遞菸，點上火。

黃逢銀從囹圄回家後，曾聽得劉登興講的一段母親勸降的事。說是黃逢銀被帶走後，特務來唆使黃母勸降黃逢開，保證不殺。劉登興帶的路，地點也在獅潭鹹水坑的溪埔。老太太走了這麼長的路！

「誰說的？」羅坤春詫異問。

「劉登興。」

「是他！」羅坤春說，「見到你哥不？」

「見到了。」

「你媽她也見到了?」

「見到了。」黃逢銀說，「我哥說，不能降。他說，他逃亡了兩年，在七古林，他有多少羣衆關係!」

「這話對。」羅坤春說。

「他出降，可得拖出多大一串人!這種事，他不幹。」黃逢銀說，「我哥對我媽說，他只有一死。這種事，他不幹。別再來勸了。我哥說。」

黃母憂戚地看著大兒子快速地遁走，消失在白茫茫的菅草花叢裡。她走向等在一丈多遠的劉登興。劉登興知道黃逢開不降，生了氣。

「我們這怎麼交差?」劉登興說。

「有什麼辦法。」黃母說，「回去吧。」

「回去?」劉登興苦笑，忽然指著對面的小山，「你看看……」他說。

黃母細看了對過的山，逐漸在樹影中辨別出好幾個便衣，慢慢地走下山來。

「我早就嘀咕，這劉登興……」羅坤春皺著眉頭說。

話說著說著，廚房裡竟備好了一桌飯菜。黃逢銀和羅坤春一起用客家話回憶著黃逢開。赤貧山村農家的孩子，小學（「公學校」）從一年級到六年級都拿第一名。個性剛毅。言而有信。酷愛讀書。口才尤好。

「我的程度遠遠不如我阿兄。我什麼也不懂，鄉下小孩。」黃逢銀說，「我哥又什麼也不對我說。」

羅坤春和謝其淡都說，「不對你說，是愛護你。」黃逢銀不住地向客人勸酒，說著當時失去兩兄弟的家道，如何更其赤貧，告貸無門，鄰里親朋，無人敢來聞問。

當紅星在七古林山區沉落

從苗栗山區回來不久，見到了領導過黃逢開的彭南華。據說幾十年來，他絕口不再提過往的事。然而見到長年未曾相見的老戰友宋松財，似乎怎也難似抑止重逢的喜悅。

彭南華說他認得黃逢開，是早在一九四九年的事。「他出身小自耕農。黨性極強。」他簡潔地說。他說黃逢開是個熱血青年。「聽說，臨刑還高呼口號。是眞的吧？」他低聲說。坐皆默然。

很多的時候，彭南華和宋松財都以客家話說著往事，顯得心情歡愉。

「有一回，在逃亡的小路上，突然和黃逢開碰上了。」黃南華忽然改用閩南話把他才向宋松財說過的話，向我再說一遍。「這以前，我們彼此曾相約要見，沒見著，以為今生要相見，怕是難了。所以那次我們不期在地下的路上見到了，都極為高興。黃逢開還哭了。那麼一條大漢。高興的。」

「他很重感情。」宋松財說。

「熱血青年啊。」彭南華說。

他們於是又用客家話敍著舊時歲月。講了許久，彭南華改用普通話說起他最後一次看到黃逢開的情景。他說在他「出來」以後，都快一年了。有一天，警察來找，說是逮獲了黃逢開，要彭南華勸他「合作」。

「我去了。能不去？當著警察，我挑些門面話講。」彭南華細聲說，「黃逢開只是笑。他看來，很安靜。」

「……」

「他決定要死了。」他說，眼睛看著手中的茶杯，「你一看就知道。」

宋松財就是在這時從口袋裡掏出那幾首舊體詩的本子給我。〈神桌山上逢開留金言〉的一首，最後的兩句竟是：

明知此去風波險，也要風波險處行。

「這幾十年來，我最怕夜裡失眠。」彭南華忽然說，「你想來想去。想著死的人死了。關的人關進去了。」

這時，彭南華忽而流淚了。宋松財緊抿著嘴，定定地看著窗外的綠樹。而座中都沉默不語，聽彭南華的哽咽。

沒有解放區，沒有武器，更沒有游擊軍隊。即使從一九四六年算起，到「省工委」徹底破滅的一九五二年，總共也不過短短的六年。一九五〇年六月，當韓戰爆發，美帝國主義封斷海峽，「省工委」也不過四歲，但歷史卻早已註定了「省工委」不可挽回的敗北。

在那些年的臺灣，成千上萬的青年一生只能開花一次的青春，獻給了追求幸福、正義和解放的夢想，在殘暴的拷問、撲殺和投獄中粉碎了自己。另有成百上千的人，或求死不得，含垢忍辱，在嚴厲的自我懲罰中煎熬半生，堅決不肯寬恕自己。有一些人，徹底貪生變節，以同志的鮮血，換取利祿，而猶怡然自得。

那是一個崇高、驕傲、壯烈、純粹和英雄的時代，同時也是一個猶疑、失敗、悔恨、怯懦和變節的時代。

而受到獨特的歷史和地緣政治所制約的、這祖國寶島繼日帝下臺灣共產黨潰滅以來的第二波無產階級運動的落幕，當紅星在七古林山區沉落，多少複雜的歷史雲煙，留待後人清理、總結、評說和繼承。

一九九三年九月卅日定稿

——一九九四年一月《聯合文學》第一一一期

洪範文學叢書 305
陳映眞小説集 5 〔1983–1994〕

鈴璫花

著　者：陳映眞
發行人：孫玫兒
出版者：洪範書店有限公司
臺北市廈門街一一三巷一七—一號二樓
電話　（○二）二三六五七五七七
傳眞　（○二）二三六八三○○一
郵撥　○一○七四○二—○
行政院新聞局局版臺業字第一四二五號
法律顧問：陳長文　蕭雄淋
初　版：二○○一年十月

定價二五○元
（缺頁破損裝訂錯誤請寄回調換）

ISBN　957-674-219-6